有风轻相迎

You Feng Qing Xiang Ying

任初

/ 著

这世间，所有的相遇，都是久别重逢。

百花洲文艺出版社
BAIHUAZHOU LITERATURE AND ART PRESS

图书在版编目（CIP）数据

有风轻相迎/任初著. — 南昌 : 百花洲文艺出版
社, 2017.7
　ISBN 978-7-5500-2288-1

　Ⅰ.①有… Ⅱ.①任… Ⅲ.①言情小说 – 中国 – 当代
Ⅳ.①I247.5

中国版本图书馆CIP数据核字(2017)第140449号

出 版 者	百花洲文艺出版社
社　　址	江西省南昌市红谷滩世贸路898号博能中心A座20楼　邮编：330038
电　　话	0791-86895108（发行热线）　0791-86894790（编辑热线）
网　　址	http://www.bhzwy.com
E－mail	bhzwy0791@163.com

书　　名	有风轻相迎
作　　者	任　初
出 版 人	姚雪雪
出 品 人	余　言
特约监制	许　君
责任编辑	李梦琦
封面绘制	如　月
经　　销	全国新华书店
印　　刷	湖南凌宇纸品有限公司
开　　本	880毫米×1230毫米 1/32
印　　张	9
字　　数	179千字
版　　次	2017年11月第1版
印　　次	2017年11月第1次印刷
书　　号	ISBN 978-7-5500-2288-1
定　　价	29.80元

赣版权登字：05-2017-225

目录

CO NTENTS

目录
CO NTENTS

楔子

最坏的青春，
最好的你

所有的故事都源于苏平嘉被周韵抛弃这件事。

那时候的苏平嘉是南大建筑系出了名的才子，有很多人都爱慕他，周韵是隔壁学校护理系的学生，两个人是在联谊会上认识的，彼此吸引，后来约会了几次就正式确立了恋爱关系。

苏平嘉平时除了上课还要做兼职来赚取学费和生活费，根本没有多少时间来跟周韵约会，周韵起初还觉得他为人上进，以后结婚了肯定是好老公人选，后来愈发觉得他烦人，嫌他忽略自己，两个人的争吵就越来越多了。

周韵每次下狠心要分手都会被她妈骂，她妈觉得苏平嘉这专业出来工资会很不错，这人品相貌学历配周韵绰绰有余，她让周韵眼光不要放太高，现在她漂亮又如何，美貌并不是一辈子的事情。

每每听到这话，周韵都会对苏平嘉殷勤许多，这段关系一直持续到周韵到医院实习。

她因为样貌出众，才刚去没多久就被领导调到医院 VIP 病房照顾病人，在那间病房里她认识了陆威，他的妻子得了癌症。陆威为人严肃，不苟言笑。起初周韵见到他还是挺怕的，后来熟悉了觉得他内心其实挺柔软的。而陆威贪恋周韵的美貌与年轻，尤其是当他看了好几个月他妻子干枯蜡黄的脸后。

然后，一心想要嫁进豪门、满心野心要做人上人的周韵在陆威的夫人死后的第三个月走进了陆家大门，那时候她肚子里已有了两个月的小生命。苏平嘉知道这件事的时候气得差点吐血，但是事情已经这样了，他也无法挽回什么，只能黯然退出周韵的生活。

　　陆家的远亲近邻都非常讨厌周韵，暗地里骂她小骚货、臭不要脸。闲言碎语多了自然就传到周韵耳中了，但她并不难过，她每次只要看到镜子中自己容光焕发、手中钻戒闪闪发光的样子，她就觉得心安，这就是她想要的生活，别人看不惯她，只是在嫉妒她年纪轻轻就能拥有全部，那种用奢侈品堆砌出来的贵气是她从前不敢奢望的。

　　陆威和死去的妻子有一个四岁的儿子陆春晓，孩子年纪小，起初还会吵着要妈妈，每次周韵耐心哄他玩的时候，孩子在心里就渐渐接受了这个新妈妈。久而久之，大家对她也不再有闲言碎语了，因为周韵根本就不在乎别人说什么、做什么，那些人说着说着也就觉得无聊透顶了。

　　十月份的时候，陆家迎来了一位小千金，他们给她取名陆暄。

　　小哥哥每天都要去婴儿房看望妹妹，妹妹长得非常好看，长长的睫毛，水汪汪的大眼睛，皮肤白嫩得像牛奶一样，小哥哥每天都想抱着妹妹，无奈他的力气太小了，周韵只敢抱着陆暄凑到陆春晓面前，让他跟她说话，孩子的稚语，总是特别有趣。妹妹咿咿呀呀学语时，小哥哥总在耳边哥哥长哥哥短的，于是妹妹开口说的第一句话不是爸爸，不是妈妈，而是哥哥。这让小哥哥心里甜得跟蜜似的。

后来小哥哥去幼儿园上学，妹妹也学会了扶着东西走路，小哥哥一放学就会迫不及待地回家，他领着妹妹走路，然后不知不觉中妹妹就真的能走路了。

妹妹的头发越来越长，小哥哥学会了给妹妹梳辫子。妹妹会说越来越多的话，她认识越来越多的东西，她的笑声就跟银铃儿一样清脆悦耳，她跟着小哥哥玩很多玩具，看很多动画片。

小哥哥十岁那年，陆威送了他一辆自行车，小哥哥很快就会骑自行车了，他载着妹妹出去玩，可是因为转弯用力过猛冲出了道路，两个人摔在了河边。

小哥哥顾不得身上的疼，连忙去检查妹妹身上的伤，妹妹腿上的皮被车子刮破了一大块，流血了，妹妹哭得很大声。

小哥哥安慰她，妹妹却哭得更厉害了，小哥哥也不管自己的自行车了，背着妹妹回家。天气很热，哥哥满头大汗，衣服都湿了。到家的时候，妹妹见到妈妈眼睛又红了，有些委屈，却因着害怕爸爸知道了这件事要揍哥哥，就没有哭出来。

小哥哥事后吻了吻妹妹的额头，心里感动极了。那一刻，他对妹妹说，以后一定会更加地疼爱妹妹，保护妹妹，也要更爱妈妈。

小哥哥小升初那年，妹妹走丢在马德里，从此再也没有回来过。

小哥哥难过了很久，他用了很长时间才让自己接受妹妹走丢这件事，并开始努力读书，他希望自己早一点成功，能拥有强大的力量，重新找回妹妹。

　　只是后来，他没能先找到她，他们的故事因而有了另一种版本。

　　她如涅槃凤凰，归来，只为嫁给他。

第一章

最坏的青春，
最好的你

这一晚的苏宅灯火通明，院子里的草坪上悬挂着两排大红灯笼，每一只灯笼上都贴着喜字，灯影浮动，忽明忽暗，呈现出一派热闹喜庆的景象。

苏南溪看着这一幕，嘴角会不自觉地上扬，心里甜滋滋的。

再过几个小时，苏南溪就要从这个家嫁出去了，她虽没有自小在这个家里长大，也没有很浓厚的感情，但是在这个时候，她的心里还是会舍不得，一瞬间脑海中会想很多事。

她想到第一次跟随苏平嘉从马德里回国住进这里时的情形，虽是春节，但是家中气氛并不好。

她那时的身份是苏家大少爷苏平嘉在马德里收养的孤儿，苏家人都不理解苏平嘉为何要收养她，还觉得是因为她的关系苏平嘉才破罐子破摔彻底过上了不结婚的生活。

所以她受到了冷遇，在苏家，没有人陪她说话，偶尔还会被苏平嘉的亲弟弟苏梓徽指使的亲戚家的孩子欺负。那时候周妈是对她最好的人，她虽不会跟她说很多话，但是她会在自己睡不着出来乱走的时候安安静静地给她送一杯热牛奶，还有很好吃的蛋糕。

后来的几次春节再随苏平嘉回国，苏家人对她的态度依旧。

他们从不曾想到她还这么小，她很容易受伤，她在这整件事情里也很无辜。

所以她开始讨厌起苏家人了。

包括苏平嘉。

自八岁起被苏平嘉收养，她一直都和苏平嘉住在马德里。

苏平嘉是马德里模特圈里不老的传奇，事业顺遂，女人缘极好。

但他并不是一个好父亲，他不够关心苏南溪，有时甚至是冷漠的。

那时候，她极度缺乏安全感，时常会想既然苏平嘉做不到爱她，为什么还要收养她？给自己的人生平添这样的包袱。

她曾骗苏平嘉说她失去了八岁之前的记忆，佯装成一个小可怜，就是怕苏平嘉会像自己的亲生母亲一样抛弃自己。就在这份不安中，苏南溪渐渐长大，她所担心的事情不但没有发生，而且她的容貌长得越来越像苏平嘉，甚至有很多不明真相的人都以为她是他的亲生女儿。

久而久之，她也心生怀疑，更是抱着一丝侥幸心理偷偷去做了 DNA 比对。

然而结果却是令人大吃一惊。

她哪里是苏平嘉一时兴起收养的养女？她分明就是苏平嘉的亲生女儿。

原来，她从来都不是他的包袱，她是他的债，是他一辈子都还不清的债。

得知真相的苏家人此后一直都对苏南溪心存愧疚，尤其是她叔叔苏梓徽，为了苏南溪的幸福更是可以把心窝掏出来给苏南溪蹂躏。

　　她想要什么，苏梓徽都满足她，包括嫁给陆春晓。

　　"怎么还不睡？"清冷的声音打破沉寂。

　　苏南溪转过身，看到了来人，微微一笑："兴奋得睡不着，你怎么出来了？"

　　"打开窗户发现你站在这里，就下来看看。"许丛解释。

　　"你也失眠吗？"

　　"没有，我一般都很晚睡。"

　　"苏梓徽高高兴兴地去机场接你，却生着气回来，丛姐，你为什么要惹他生气呢？"苏南溪纳闷。

　　许丛不由自主地怔了怔，忽而笑了："也许是因为我叫他苏先生吧。"

　　苏南溪点头："明白了。"这一声"苏先生"瞬间就把两人之间的距离拉开了千山万水，她知道苏梓徽被虐伤了。

　　"很多年未见，我们已经变得生疏了，叫苏先生也是合理的啊。"许丛感叹，表情无辜。

　　苏南溪轻笑，静静地望着许丛的脸。

　　"他现在看你的眼神很炽热啊，有种如狼似虎的感觉。"苏南溪故意说得夸张。

　　"是吗？可是我感受到的都是距离。"许丛苦涩地弯了弯嘴角。

"所以你现在不愿意给他机会是在惩罚他吗？你以前那么喜欢他，他却不领情。"

爱都来不及，何来惩罚？

许丛在心里无声地说，然后故意岔开话题，脸上带着祝福的笑容说："南溪，你知道吗？我真的很羡慕你，你可以结婚，可以生宝宝，可以跟爱的人白头到老。"

这些正常人可以拥有的幸福对于这世界上的另一部分人来说却是可望而不可及的。

"你也可以啊。"苏南溪暗示。

"我不行的。"许丛有些尴尬。

苏南溪并未深思这话背后的含义，觉得许丛也许只是因为目前只身一人很寂寞孤单然后看到别人的幸福很惆怅的缘故。

"你何不试试看分别多年后的苏梓徽到底是不是一个值得爱的人，说不准，他就是你的幸福，就是那个最适合你的人。从前的伤害就让它过去吧，丛姐，说句你不愿意听的话，如果你错过了我叔叔这么好的人你一定会后悔的。"

许丛轻轻点了点头："我明白的。"

他的好，我当然知道，只是，如果这份好真的不是属于自己的，强求而来也不一定会幸福啊。

"其实，比起那些曾经追求过苏梓徽的女人，你没有她们精致，你的美给人以安静从容的舒适感，却也有着令人过目即忘的普通。你唯一赢的就是苏梓徽对你的感觉是不一样的，他爱你，很深很深。"

许丛不愿再听下去，害怕自己心软被动摇，急忙打断她："南溪，我们不要说这些了，好吗？"此时，她的心里真的很难过，有一种浓浓的悲伤在心间化开，那些她想要抓住的美好近在咫尺，却又不可以抓住。

苏南溪不再逼她，无奈地说："好。"

其实，她还想跟许丛说，老太太很喜欢她。

许丛安静的性子颇合老太太的口味，她自见到许丛开始就一直盘算着这姑娘跟苏梓徽有没有发展的可能，甚至还旁敲侧击地问南溪许丛有没有男朋友、喜欢什么样的男孩子、家里长辈是做什么的等一系列查户口的问题，除了许丛母亲去世这件事让老太太有些遗憾之外，家世不般配老太太倒也不是那么挑剔，毕竟自己的儿子这些年也是难得表现出对某个姑娘这么关心的样子，她这个做妈妈的也不能表现得太刻薄了吓着人家姑娘。老太太想让南溪帮着撮合这两个人。

只是许丛现在大概也不是太在意这些的，她是这样的排斥苏梓徽。

气氛变得沉闷，许丛开口："时间不早了，早点休息吧。"

"我等等我爸。"苏梓徽一个小时前打来电话说接到苏平嘉了，估摸着时间，他们也快到家了。

许丛原本想陪着苏南溪等，但转念一想这样势必要看到苏梓徽，然后就退缩了，跟苏南溪说了一声"晚安"就回房间了。

苏南溪沿湖边走了一圈回来就听到路上有车驶来的声音，她小跑着过去，灯光打在苏南溪的脸上，刺得她睁不开眼睛，然后车停在了她的正前方，苏梓徽从车窗探出来："半夜不睡觉出来瞎逛什么？"

　　苏南溪走过去上车坐在苏平嘉身边，笑眯了眼睛说："我在等你们啊。"说完亲昵地挽着苏平嘉的手臂，脸贴着他的肩膀。

　　苏平嘉失笑："怎么越大越爱撒娇了？"

　　"因为以前都没有撒娇的机会啊。"苏南溪有些遗憾地说。

　　苏平嘉怔了怔，想起很多年前，在马德里的福利院，他出现在脏脏的她面前问她愿不愿意跟他走，做他养女，那个女孩打量了他好久，问他会不会有一天后悔然后不再要她，那一刻，他的心纠在了一起，他故作冷漠地告诉她不会，并为她取名南溪。

　　她一直贴心懂事地扮演着女儿的角色，小心翼翼地跟他说话，她失去了八岁之前所有的记忆，医生说也许是受了刺激，但他觉得这样未必不好，忘掉从前他们就可以一直生活在一起。

　　而收养她之后，他也清楚苏家的大大小小有多为难这个女孩，他们都觉得他收养了南溪耽误了自己的幸福，其实不然，他知道这辈子能够做南溪的养父是他最该感恩涕零的事情。他不会过分溺爱她，甚至更多时候是严厉的，他故意疏远苏南溪，就是怕别人发现苏南溪就是他亲生女儿这件事，谁知道到最后还是藏不了。

　　而他曾经的冷漠也必然让苏南溪伤心了，想到此便自责起来："对不起啊，南溪。"

"没关系，现在补上就好。"

苏梓徽默默听着他们谈话，将车开进车库，然后催着苏南溪上楼睡觉去。

苏南溪回房间迷迷糊糊地睡了会就被傅佩芳叫醒了，南溪问："奶奶，现在几点了？"

"四点了。"

苏南溪困得不行，她感觉自己刚睡下没多久啊。

傅佩芳催促道："好孩子，快去洗漱，化妆师他们都到了。"

"嗯。"

傅佩芳离开后，苏南溪就有些心神不宁，甚至是恐慌。至于恐慌什么，其实她自己也说不出个所以然来。

习惯性地拿过手机打开看，发现五分钟前陆春晓给她打过电话，不过她手机昨晚不小心开了静音，所以没有接到。她下床往卫生间走去，顺便给陆春晓回了电话，看着镜子里的自己惨白的一张脸微微吃惊，另一边电话接通，陆春晓的声音传来："起床没？"

"起了。你呢？"

"正打算去跑步了。"

"陆春晓，我感觉像做梦一样，觉得这一切都好不真实，我真的要嫁给你了吗？我好害怕你会跑掉，不来娶我了。"

陆春晓笑了，语气宠溺地说："傻瓜，不要胡思乱想，你在法律上早就是我的妻子了啊，我是你的了，我跑不掉的。"

苏南溪想起来他们已经领证这件事，稍微安了心："嗯，你跑步吧，我也要刷牙了。"

挂了电话后，苏南溪掬了一把凉水往脸上浇去，告诉自己不要紧张，今天之后，她就是名正言顺的陆家人了。

又能出什么乱子呢？她有苏梓徽啊，在她心里，苏梓徽是无所不能的，他能够帮自己解决所有的烦恼。

苏南溪洗漱后就放化妆师们进来了，没过多久，房间里就都是人了，她的伴娘们都准时到了，苏南溪这次邀请了五个人做她的伴娘，许丛、乔茹茹和宁一是她亲近的朋友，另外两个都是她在苏家不熟悉的表妹，曾经受过苏梓徽指使辱骂耻笑过苏南溪，也是因为这一经历，她们都安安静静地在一旁坐着，任由着化妆师在她们脸上涂涂弄弄，苏南溪也不高兴多搭理她们，给许丛介绍了宁一和乔茹茹，三个人倒是很快没有生分得玩到一起去了。

乔茹茹是第一次做伴娘，有些兴奋，这些天专门上网查了怎么整新郎的招数，进房间来的第一件事就是把苏南溪的绣花鞋藏在自己的包里，甚至还在网上打印了一份《爱妻守则》打算到时候让陆春晓读一遍然后签字。

"我立志要拿到陆总所有的红包。南溪，到时候你可别心疼啊，虽然陆总的钱现在也是你的钱了。"乔茹茹激动地说。

"你们玩得开心就好。"

谈笑间，门外传来敲门声，苏南溪喊了一声："进来。"只见房门被轻轻推开，然后苏梓徽大大方方地走进来了，手中端了两只小碗，里面是粥汤，径自向苏南溪和许丛走来，大有一人一只碗的意思。

苏南溪正觉得口干舌燥，接过粥碗抿了几口才觉得缓过来。而许丛拒绝了这份好意，对苏梓徽说："你给宁一吧，我现在并不渴。"

苏梓徽原本面上带着的笑容瞬间凝固，回过神来尴尬地递给了一边的宁一，宁一也是尴尬地接过，说谢，与此同时，好奇地望了一眼许丛，心里明白这两人想必是有一段故事的。

明眼人都能看得出来，苏梓徽靠近许丛，向她示好，许丛故意冷漠，躲得远远的。

见到苏梓徽受到这样的冷遇，苏南溪的那两个表妹鄙夷地瞪着许丛，她们平日里最喜欢幽默大方的苏梓徽了，这个女人凭什么这么对待她们的舅舅？真的可气可恨。

"舅舅，我们也渴。"她们异口同声道。

"我让周妈再送两碗过来。"苏梓徽温柔地说完便难掩失落地离开了。

"差别待遇啊。"表妹们对这样的舅舅很是失望。

苏南溪瞥了她们一眼，看到她们一脸的不开心，偷偷笑了。

大约过了一个小时，苏南溪的新娘妆终于化好了，她在化妆师的帮助下穿上了宁一给她设计的大五福龙凤褂，七分袖下分别佩戴着苏南溪未来婆婆给买的三对黄金龙凤镯，脖子下挂着黄金猪牌，整个人都显得异常的贵气，然后化妆师开始帮苏南溪盘发。

她的婚礼是由苏梓徽全权操办的，因为她说她舍不得陆春晓劳累。而苏梓徽大概为了惩罚她，硬是给她安排了两场不同风格的婚礼。上午是在古镇的中式婚礼，下午新娘和新郎会站在花船上游湖，晚上是在酒店的西式婚礼，苏陆两家几乎邀请了全城有头有脸的人物。

苏家虽是南城的首富，却一直生活低调，鲜少出现在公众面前，此次如此热闹奢侈地操办苏南溪的婚礼，可见苏南溪在苏家的地位是不一般的，有不少媒体人削尖了脑袋都想挤进去拿到婚礼独家报道以及苏南溪父母的资料。自一年前苏南溪以苏梓徽侄女的身份被暴露在公众视野中，外界才知原来苏家是有两个儿子的，苏梓徽是这家的二儿子，可大儿子的名字与简历却成了谜，而现在苏南溪的婚礼也许就是这个谜的突破口。

大概想要靠近这个谜的不仅仅只有媒体记者，还有那个曾经与她很要好如今却是陌生人的许长乐。苏南溪心想。

八点钟的时候，接亲的车队准时停靠在苏家老宅外面，五颜六色的跑车排成一排，形成一道靓丽的风景线。苏平嘉来房间告诉苏南溪新郎已经到了，临走前不忘夸赞一声苏南溪："女儿，你今天真漂亮。"

苏南溪冲他笑笑，自豪地说："也不看我是谁的女儿。"

伴娘们都聚在窗前，拉开一点窗帘偷偷看楼下的情况，她们中除了宁一因着是陆春晓大学师妹对陆春晓熟悉外，其他人对陆春晓的了解也就只是在网上看过照片而已，在见到真人的时候，还是忍不住叹一声"好帅"。当新郎他们塞了红包顺利地进入别墅大门正上楼的时候，苏南溪觉得自己紧张得都有些喘不过气来了，许丛给她递过来一杯温水，让她喝下舒展一下心情。

苏南溪皱眉道："我都有些不想嫁了。"

"别的新娘子都是迫不及待地要看到新郎，你倒好，都不想嫁了。那么帅的新郎，你不想要可是多的是人想要呢。"宁一打趣道。

苏南溪当然知道宁一意有所指的是谁，连忙笑了："我随口说说的。"

门外有些骚动，大概是他们到了，敲门声起，伴郎们在外面起哄："开门，开门。"声音洪亮，像抢亲的土匪。

宁一的男朋友张嘉义也在这其中，宁一走到门后面大声说："急什么？按规矩办事啊。"

门外有人提醒："快快快，塞红包。"

一下子门下进来十几个红包，宁一故作夸张地说："不够不够，我们里面有几十个人呢。"

门下又多了十几个红包，宁一拿过来给房间里的伴娘们分分，然后又说："让新郎唱首歌吧，不好听不开门。"

苏南溪忍不住插嘴："他唱歌走调的，让他在众人面前丢人不好吧。"

"哎呀，谁想真听他唱歌啊。"

"歌就不唱了，用红包代替吧。"陆春晓在外面商量着，正中宁一下怀。

"行啊。"宁一转过头对苏南溪说："你看，我师兄聪明着呢，人家是土豪，喜欢用钱解决事情。"

苏南溪笑着点头。

宁一闹过后，乔茹茹直接发号施令："新郎先做五十个俯卧撑。"

陆春晓也不推辞，直接趴下做俯卧撑，反正他平日里会做一些锻炼，五十个俯卧撑对他来说是小菜一碟。

"太多了吧。"苏南溪有些心疼地说。

"测测体力嘛。"乔茹茹吐了吐舌头，"不然晚上哪有力气抱你啊。"

苏南溪有些害羞，红了脸不再说话了。

陆春晓做完后，乔茹茹从门缝里塞了两张纸出去，对陆春晓说："新郎，把这《爱妻守则》大声读一遍，然后签字哦，以后要按照守则做事，好好爱我们南溪，不能变心。"

陆春晓扫了一眼："一百条，是不是有点太多了啊？"

"少废话，你还想不想进门了啊？"乔茹茹不客气地回。

"让他读大声一点，我要听到。"苏南溪饶有兴致地说。

乔茹茹立刻向门外转达了新娘的话，一分钟后陆春晓开始读《爱妻守则》，门里的人一直让他大声点，再大声点。读完这一百条《爱妻守则》后，陆春晓都觉得自己饿了，签完字，把纸张从门缝里塞进来，乔茹茹看过后才满意。

"现在可以开门了吗？"陆春晓问。

"再来点诚意啊。"

乔茹茹刚说完，门外不知道是哪个急性子直接撞门了。

声音很大，苏南溪都能感觉到楼有点晃动，她对乔茹茹说："快开门吧，不然我叔叔的那些个朋友是真的可能把门撞开的。"

乔茹茹听话地开了门，门外的人一窝蜂地就涌了进来。

陆春晓手里捧着花被推了进来，他今天穿了黑色的中式唐装，领口和袖口都是大片的红色刺绣，倒也显得喜庆，头发剪短了许多，比之前的他看上去精神许多。饶是看惯了他样子的苏南溪也觉得他今天格外地帅。

陆春晓走到苏南溪面前微笑着，一旁的摄影师让他跪下求婚，他要拍下来。陆春晓单膝跪下，将手中的捧花递到苏南溪手中，一脸严肃地说："南溪，嫁给我吧。"

苏南溪接过花，陆春晓站起身，苏南溪有些娇羞地向他勾了勾手指头让他弯腰凑过来，她用手中的帕子帮陆春晓擦拭额头上的汗，然后两人拥抱在一起，苏南溪红唇轻启，用只有两个人能听到的声音说了一句："你真帅。"

陆春晓回："你最美。"

苏南溪嘴角微微上扬，笑得甜蜜。

陆春晓松开她，吻上了她的唇，浅尝辄止。

然后两人四目相视，傻傻微笑，仿佛周边的一切都是不存在的。

良久，陆春晓才回过神来想给新娘子穿鞋，可是却怎么都找不到鞋，再看旁边的伴娘们笑得那么开心，就知道鞋子铁定是被藏起来了。还好，陆春晓早有准备，让人把剩下来的红包都拿了出来分给了伴娘们，乔茹茹这才乖乖送上鞋。

陆春晓给苏南溪穿好鞋后，就一把将她抱起向门外走去，到楼下客厅，苏南溪的爷爷奶奶和爸爸都坐在沙发上等着他们敬茶。

苏梓徽偷偷拉着摄像师到了一旁，让他不要再拍了，摄影师虽觉奇怪，却还是照做了。

陆春晓把苏南溪放下，两个人携手跪下，接过旁边用人托盘中的茶杯，递给两位老人，喊一声爷爷奶奶，老人们说了一声"乖"后，喝茶，给了厚厚的红包。然后陆春晓和苏南溪移了移方向，正对着苏平嘉，这个时候苏南溪的眼泪就已经止不住了。

"傻丫头，哭什么呀？"苏平嘉的眼睛也已经红了。

苏南溪默默流了会眼泪才平复了崩溃的情绪，然后她的心情就有些复杂了。

为什么哭呢？是因为离开家舍不得吗？苏南溪想了想，觉得并不是。这二十几年来，她住过的地方哪一个都比在苏家老宅住的时间长，论感情，也不该是对这里感情最深刻。

后来，好不容易完成敬茶仪式后，她终于想明白了，因为她在那一刻突然觉得苏平嘉很可怜，没有她，他就真的只是孤身一人了。这些年相处的点点滴滴，此刻成了记忆碎片一帧一帧迅速从脑海中飞过。

不知不觉中，都已经过了十六年了。

这漫长的岁月，如果没有苏平嘉，她不知道自己要怎么撑过那段满是恨意无处释放的最坏的青春。

对他，她始终觉得能够做他女儿，真的很好。

家中用人们安排接亲的人坐下吃完茶后，苏南溪被她叔叔苏梓徽抱出了家门，身后喜庆的鞭炮噼里啪啦地炸着。

苏家的亲友都坐上了接亲车后，车队慢慢地离开，开往南城的浔溪古镇。

坐在苏南溪身边的是许丛，副驾驶上坐着顾向东，苏梓徽的好友之一，知道许丛是苏梓徽喜欢的姑娘，这一路上不知道偷偷回头看了她多少次，每次苏南溪都会把他瞪回去。

许丛倒是习惯了这样的注视，她这两天经历得不算少，大家因为苏梓徽的关系都会对她关注许多。

顾向东提议："我们自拍几张照片吧，我要发到朋友圈去。"

"好。"苏南溪同意，然后就看到顾向东从车座底下拿出了自拍杆，除了驾驶员，四个人开开心心地拍了几张照片。当然苏南溪是不知道照片中的真正主角是许丛的，直到她看到顾向东发的朋友圈内容后才明白这货的颇深心机。

顾向东在朋友圈发了一条内容：

"谁想看苏梓徽老婆的照片，转账五千元我就发。"

苏南溪微信顾向东。

苏南溪：你胆子很肥啊，你就不怕我叔叔报复你。

顾向东：嘘！我这条内容他看不到，我把他屏蔽掉了，我又不笨。

苏南溪：贿赂我。

顾向东：流汗……你狠，行，一人一半。

顾向东发完后转过头来对许丛说："你微信号多少，我加你为好友啊，传照片给你。"

许丛有些犹豫，顾向东心里跟个明镜似的，抢在她拒绝前保证："你放心，我绝对不会把你的微信号送给别人的。"

听到顾向东这样说，许丛就放心了，跟顾向东加了好友。

顾向东在心里偷笑，废话，他当然不会送给别人，他是要高价卖出去的。

没过多久，顾向东截图了零钱余额给苏南溪看，才短短的时间就已经有二十几万了，真是赚大发了。

转钱的人催促着顾向东赶紧发照片，顾向东让他们别急，时间一到统一发到朋友圈里，到时候大家都能看到。

陆春晓有些好奇苏南溪在笑什么，悄悄问她，苏南溪瞄了一眼许丛，发现她在低头看照片，忙将微信聊天记录给陆春晓看，陆春晓小声说："这不太好吧，传出去了怎么办？"

"没事，顾向东卖出去的东西应该没人敢传出去。"苏南溪对顾向东的人格魅力还是很放心的。

车子快要开到古镇的时候，顾向东给苏南溪转了五十万过来，庆祝她新婚快乐，顺便把刚才拍的照片发到了朋友圈，并附上文字：

"小美女今天大婚，要幸福……"

很快，苏南溪就看到了苏梓徽的评论，大赞顾向东的拍照技术好。苏南溪猜测苏梓徽把这几张照片默默保存了。

那些转钱的人又来向顾向东打听苏梓徽的那一位，什么来路。

顾向东都回不知道，让他们好奇死。

古镇门前铺着大红地毯，两旁都陈列着红色玫瑰花盆栽，苏南溪他们的婚车就停在了一座花轿前，许丛先下车，给苏南溪盖上了红盖头，然后苏南溪由媒人搀扶着坐进了花轿，陆春晓骑上了马，身后是八人大轿，几个唢呐手一路吹吹打打地到了张灯结彩的顾家庄园。

百年前，浔溪古镇有四大家族，今天苏南溪举办婚礼的宅院就在四大家族中的顾家，这里从没有开放给别人举办婚礼过，但是有顾向东出马，浔溪古镇的旅游局就同意了，因为这顾家以前就是顾向东祖先居住的地方，他们家每年祭祖都是来这里的祠堂。

新郎下马走在前面，花轿穿过门楼被抬进内院停放。喜堂里，陆春晓的继母周韵在司仪的指示下点燃了龙凤烛，然后和陆父坐在高堂上，宾客站在两边观礼。

司仪请陆春晓入场后，让他射了三箭，第一箭射天，第二箭射地，第三箭射远，然后司仪说了一些吉祥话后，媒人领着苏南溪进入喜堂，将手中的红绸的一端递给陆春晓，陆春晓领着苏南溪在司仪的指示下跨火盆、跨马鞍后进行了三叩九拜、掀红盖头，最后就是苏南溪对公婆敬茶改口，收红包。这一整套流程下来，苏南溪已经疲乏了。

陆春晓扶着苏南溪起身，心疼地问："还好吗？"

苏南溪点头："你别管我了，你去招待客人吧。"

陆父陆母以及陆春晓去招呼着苏家的亲友到庭院就坐用餐。苏梓徽来到苏南溪的身边，凑到苏南溪的耳边说："你爸刚刚离开了。"他面带着和煦的笑容，苏南溪亦是，所以不知情的人只当他们关系好，在说什么好玩的事情。

"我知道了。"

他们都知道苏平嘉必是因为看到了周韵才躲开的。

苏南溪和陆春晓从交往到确认结婚的那几个月，苏平嘉倒是见过陆春晓多次，且是越来越喜欢这个年轻人的，然而却是一直都没有机会和陆春晓的父母见面的，因为苏梓徽故意让经纪人给苏平嘉安排了许多工作，致使苏平嘉一直被困在马德里。

苏南溪在主桌坐下，苏梓徽去了苏家二老那一桌，傅佩芳看到他就悄悄问他知不知道平嘉去哪里了。苏梓徽摇头，并拿出手机作势要打电话给苏平嘉，但是响了半天却没有人接通，倒是在他意料之中。他压低了声音安慰他妈说："也许是有什么急事离开一会，没事的。"

陆父陆母也坐在这一桌上，本以为能够见到未来的亲家公，但是好像没有见到。

陆威问苏东学："苏老，南溪的父亲去哪里了啊？"他对从未跟亲家公见面这件事还是感到很遗憾的。

苏东学有些抱歉："他跟我们坐一辆车来的，但是现在临时有事离开了，没事，晚上一定能见着。"

苏梓徽纠正："我哥为人比较低调，他不愿意曝光自己，晚上人太多，势必会有媒体混进来，所以我哥晚上不会来，把南溪交到春晓手里这事我会做。"

陆威觉得苏南溪由苏梓徽领着更好，毕竟大伙都认得苏梓徽是苏氏集团的一把手，谁又认得南溪的父亲是谁呢？到现在他都还不知道苏南溪的父亲叫什么名字，是够低调的。

周韵面带笑容，心里却有些不满，好大的架子啊，自己女儿结婚都能说不来就不来的。

另一边，苏南溪的手机在响动，来电提示是她父亲的名字，她有些焦躁，把手机弄成了静音，一顿饭吃得食不知味，好不容易挨到散席，苏南溪才到角落给她父亲回了电话。

她知道她父亲一定就在古镇里躲着，电话很快被接听，但苏南溪却没有了先开口说话的勇气。

那边，苏平嘉直接问："陆春晓的妈妈叫什么？"

他常年都在国外，在南城几乎没有什么人脉，所以他只能拜托苏梓徽去调查清楚陆家。他也曾问过陆春晓的父母是做什么的，叫什么名字，但是苏梓徽却没有正面回答过，只一再保证陆家是个好人家。现在想来，倒像是苏梓徽在故意敷衍他了。

"周韵。"苏南溪的声音有些颤抖。

"你……"他带着疑惑与顾虑，最终还是问不出口，因为他内心所想实在太荒唐了，他平日看上去单纯善良的女儿怎么可能会做这么可怕的事情，一定不是这样的，他极力安慰自己。

"爸，我以前跟你说，如果我做了什么事让你失望了你一定要原谅我，你答应我的，你还记得吗？"

苏南溪的这番话让苏平嘉很困惑，仿佛她真的做了什么不可挽回的错事，这令他很恐慌。

"南溪，你知道周韵是谁，对吗？"他试探性地问。

她是陆春晓的继母，是陆暄的母亲，而她八岁之前就叫陆暄。

这个世界上，没有谁比她还了解周韵是谁。

她是恶魔。

苏南溪沉默片刻，才说："是，我知道她是谁。"

她就是那个抛弃了你、抛弃了我的人，我怎么可能会忘记？我说我八岁之前的记忆都忘记了，我是骗你们的。所以爸，我嫁给了我亲生母亲的继子。

苏南溪停了停，笑着说："她是我未来婆婆啊。"

以前苏梓徽说她疯了，她怎么可以嫁给陆春晓？

可是为什么不可以呢？她和陆春晓没有任何血缘关系，她和他一起度过了最美好的童年时光，他是她的小哥哥，小哥哥带给她很多的快乐，尽管那些记忆已经很遥远，可是她舍不得忘记，因为这是她心底最深的甜。

一年前，她回国与陆春晓在机场不期而遇后，她就决心要嫁给陆春晓。她从陆家出来，用结婚这种方式再走进陆家，这不是什么坏事。因为什么都可以是假的，但是她爱陆春晓这件事是真的，她很确定陆春晓就是她的幸福。

苏梓徽知道了所有的事情，虽然他也想过阻止她嫁给陆春晓，但最后却还是什么都没做。因为他理解南溪所受到的伤害，尽管无法做到感同身受，但是被自己的亲生母亲遗弃在异国他乡的街头，不论再怎么哭泣妈妈都没有回到自己的身边的这份绝望感，苏梓徽能够想象。而她曾经在生病时候不知不觉中叫出的妈妈，苏梓徽每次回想起来都会觉得心痛。

他发誓，伤害过苏南溪的人，他都不会放过，会让他们付出代价。所以他才会帮南溪拖延苏平嘉回国的时间，让他没有机会提前见到陆春晓的父母。而在婚礼当天，这么多人的情况下，当苏平嘉知道陆春晓的母亲是周韵的时候，他一定会躲开。就跟很多年前周韵嫁给陆威后他负气离开南城去往马德里一样，他总是害怕自己的出现会破坏掉周韵的生活。

当然，他的存在的确是周韵的威胁。

"爸，我知道你是因为怕见到许长乐才离开的，许家跟陆家很熟，我们结婚许长乐一定会来，我也不想你们见面。所以，爸爸，没关系，我的婚礼你不参加也是可以的。"

苏南溪给苏平嘉找了一个台阶下。

许长乐是苏南溪在大学里最好的朋友，但她却妄图在毕业时勾引苏平嘉，而且还成功了。这让苏南溪大为光火，一气之下和许长乐断绝了关系。而许长乐因为苏南溪故意隐瞒自己和苏家的关系而心存怨怪。

两人曾经的友谊就如同一场荒诞的梦，所有往昔的美好都不复存在，有的只是相识的悔恨。

那事发生后，作为长辈的苏平嘉一直都是躲着许长乐的，能不想起就不想起。

果然，苏平嘉只"嗯"了一声就挂了电话。

结束电话后，苏南溪就看到陆春晓正向自己走来。

"是爸吗？"

"是啊。"

"他去哪里了？"周韵方才还在陆春晓面前抱怨，觉得这个亲家有些看轻他们。陆春晓让她不要胡思乱想，安慰她，搞艺术的难免行为散漫自由了些。

"我爸今天心情不好，他想去哪里就去哪里。"苏南溪脑子转得极快，这大概是她能为苏平嘉的突然离开找到的最好的借口了。

陆春晓一听，有些紧张地问："心情不好？为什么？谁惹他不开心了？"

"你笨啊，他养了这么多年的女儿就要到你们陆家做牛做马去了，他能高兴得起来吗？"

陆春晓恍然大悟，失笑："谁让你做牛做马了？"

苏南溪抬手揉了揉脖子，露出疲态。

陆春晓怜惜她："你看上去很累，我去客栈开间房给你休息吧。"

苏南溪摇头："待会不是要上花船游湖嘛，我还能再坚持坚持的，我可不想给我的婚礼留下遗憾。"事实上头上的这些发饰压得她脖子都疼了，以及身上带着的黄金首饰每一件都是有分量的，苏南溪觉得现在全身都在酸疼。

午后的阳光虽然炽热，但是在水巷，时有微风拂面，苏南溪和陆春晓倒也不觉得热了，水巷两岸是青砖路，路旁是本地人做各种生意的铺子，白墙黑瓦，带着岁月斑驳的痕迹，略显沧桑。今天因不是周末，所以游客也不算多，整个古镇显得静谧而安详。花船经过一座又一座拱桥，水波荡漾，偶有青鸟拂过水面，路边花香四溢，戏台子上有人在唱戏，咿咿呀呀，这惬意慵懒的时光使得苏南溪原本紧绷的情绪渐渐放松开来。

身后船舱里伴娘们和伴郎们也都悠闲地趴在栏杆上吹风，那个自带自拍杆的顾向东则是忙着拉人各种拍照。

下了船后，苏家的亲友则在古镇继续闲逛，苏南溪和陆春晓他们则先去晚上婚宴的酒店去了。

酒店工作人员领着他们去了总统套房，苏南溪去了主卧让化妆师给她卸妆，许丛帮她把所有的首饰都给收了起来，苏南溪去卫生间洗了脸回来就躺在床上不想动了。宁一把晚上要用的礼服拿出来挂好，然后喊摄影师进来拍，摄影师拍完礼服后让化妆师待会儿给新娘化好妆后喊他进来补几个镜头，紧接着就去另一个房间拍新郎穿衣服的视频了。

苏南溪化好妆做完发型后就被宁一拉起来去卫生间换婚纱去了。鸽羽灰的婚纱，清透细纱覆盖在深 V 领外，腰身下层层薄纱中垂着一些羽毛装饰，裙长至脚踝上方，整件礼服显得很轻薄精致，苏南溪肤色白皙，穿上后气质更加出尘不染，宁一拿出周韵买给苏南溪的那套钻石首饰给她戴上，配上Jimmy Choo的水晶鞋简直完美。

婚宴七点开始，五点半的时候苏南溪和陆春晓站在迎宾台处迎宾，此时婚礼会场的投影仪上播放着今天白天的视频，整个会场以蓝色和银白色为主，到处都是银白色的树和大雪花，营造成一种初雪降临在海洋宫殿的感觉，背景音乐是 *Say you will*。

……

I'd give her my life.

Will you give me your life?

Say you will.

Wade out into the water.

Breathe in,breathe out with me.

……

我誓将交与她我的一切。

你可否也将一切托付予我？

请说，你愿意。

请淌过爱河，与我共呼吸。

宾客陆续到来，苏南溪鲜少认得，只是温柔得体地微笑着，不失礼貌，除了许家的许长乐、许易安和他妻子是苏南溪认识的，其他人都由长辈安排签到、入座。

去年许易安和他妻子宋伊人结婚时，苏南溪陪着苏梓徽一起去参加了，之后苏梓徽过生日请客，许易安和宋伊人也来了，所以宋伊人对苏南溪并不陌生。

"恭喜你们！新婚快乐！"宋伊人热络地说。

苏南溪回以微笑："谢谢。"

陆春晓与许易安、许长乐很熟悉，所以他亲自带他们去入座。

许长乐懒得跟苏南溪说话，跟在后面走进了会场，她有些心不在焉，东张西望地像是在找什么，她今天穿得很漂亮，一身白裙显出曼妙身姿，妆容精致，举止优雅。

苏南溪嘴角微微扬起，她当然知道许长乐如果不是为了见苏平嘉她才懒得来参加婚礼，自去年她们闹翻之后，彼此之间没有情谊只有怨恨。

苏梓徽走到苏南溪身边，开玩笑地说："许家小妹越来越漂亮了，跟我哥很配啊，你确定我哥不是口是心非？"

"许长乐跟我一样大啊，我爸真的就是把她当晚辈看待的，没有一丝男女情爱。"苏南溪很肯定地说。

所以许长乐才那么可恨，她居然敢勾引苏平嘉，亏她们做了四年的朋友。

"你说我哥现在在哪里？"苏梓徽突然很好奇。

苏南溪想了想："应该不会那么急着回马德里吧。"顿了顿，苏南溪嗤笑道："他问我知不知道周韵是谁，我说我知道啊，她是我未来婆婆啊。"说着说着，苏南溪就红了眼睛，眼泪像断了线的珠子不断涌出。

苏梓徽捧住苏南溪的脸，给她擦了擦眼泪，苏南溪的情绪愈发地激动，远处又有宾客走来，苏梓徽无奈，只好扶着她上了电梯去平复一下情绪。

　　"我真的很认真地在忍着了。"苏南溪哽咽了声音说。

　　"我知道。"

　　"她为什么要抛弃我？为了我离开陆家不可以吗？荣华富贵对她来说真的大于天吗？"苏南溪问出口后觉得自己真是傻透了，周韵的选择从来没有变过，谁阻挡了她，她就会抛弃谁。

　　"南溪，不要哭，我会让她向你道歉，我会让她一无所有。你相信我。"苏梓徽眼神坚定地说。

　　"就算她给我道歉，变得一无所有，她也不能还给我一个完整的家，一个无忧无虑的青春岁月，我失去的永远都没办法弥补。"苏南溪觉得心灰意冷。

　　"南溪，既然怎么做都不快乐，为什么不停下来？你不应该回来的，你就应该一辈子都生活在马德里。又或者，今天不结婚了，我送你走。"

　　"我知道我一定会后悔，我知道我可能会无法招架住自己设计好的这一切，我会情绪崩溃，但从我和陆春晓领证的那一天起，我就没有给自己留下退路了。今天这个仪式不管能不能完成，我和他是夫妻，结局改变不了的。"

　　苏南溪握紧了拳头，终于止住了自己的眼泪，此时电梯刚好停在了顶层，叮的一声门开了，苏南溪按了关门键，再按了宴会厅的楼层，深吸了几口气，然后强颜欢笑着对苏梓徽说："我可以了。"

她对着电梯的镜面，擦了擦脸，还好眼妆并没有花掉。

回到宴会厅门口，陆春晓已经站在那里了，他笑着迎来："你去哪里了？"

"我把东西落在房间了，上去拿下。"苏南溪撒了个谎。

此时上千宾客都已来齐，司仪来找他们再次确认了入场的顺序，并告诉他们举行结婚仪式后就会有一些明星上台唱歌表演助兴，考虑到他们要敬酒那么多桌，是个体力活，所以司仪不会安排新人之间的其他互动。

七点整，司仪宣布婚礼正式开始，他先请陆春晓上台，苏南溪挽着苏梓徽的手臂出现在拱门下方等待，她望着眼前那长长的通往仪式台铺满白色玫瑰花瓣的舞台，幻想着自己要是待会走着走着摔倒了会怎样，想想在场有那么多人，还是会有些丢人的，她低头看了看自己的鞋跟，暗自求老天保佑。正在胡思乱想之际，耳边就传来司仪的那一声"有请新娘入场"，此时的背景音乐换成了《D大调卡农》。

陆春晓就站在舞台的那一端温柔地微笑着，苏南溪也冲他微笑，两个人的距离越来越近，直至苏梓徽将苏南溪的手交给陆春晓，陆春晓郑重地说了声："谢谢叔叔。"

"好好照顾南溪。"苏梓徽吩咐，眼睛微微红了，然后离开。

陆春晓牵着苏南溪的手走到仪式台，交换了戒指并宣誓往后的岁月要对婚姻忠诚，喝交杯酒，然后拥吻，在台上做了一些游戏，司仪才放他们走，随后就是明星各种唱歌以及抽奖活动。

苏南溪把自己的手捧花送给了许丛后，就匆匆上楼换了一条香槟色的亮片露背礼服回到会场。

宁一一路抱怨，她早就看好那手捧花了，指望着拿到它逼着张嘉义早点把她娶回家呢。

苏南溪才不吃她这一套，她知道张嘉义已经秘密订了戒指打算在宁一生日那天跟她求婚。

苏南溪和陆春晓以及他们的伴娘伴郎们跟随着陆家长辈以及苏梓徽去给每一桌的客人敬酒，收长辈见面礼，一圈下来，苏南溪觉得自己的脸都笑得抽筋了，还好她的回门酒席不单独再办，也安排在了今晚，否则结个婚累几天，真的太可怕了。

好不容易熬到酒席散了后，宾客们回家的回家，住酒店的住酒店，苏梓徽宣布今晚在酒店总统套房会办一个庆祝 Party，苏南溪瞪大了眼睛，看向陆春晓，想问他事先知不知道，结果陆春晓亦是一脸茫然的样子。

苏南溪哀苦连连："这是要累死我们的节奏啊。"今晚可是他们的洞房花烛夜啊，苏梓徽这一定是故意的。

许长乐本来都要跟着许易安离开了，她突然改变了主意对许易安说："哥，你先带嫂子回家吧，我待会自己回家，我想留下来参加苏南溪的庆祝 Party，毕竟我们曾经那么要好，这点祝福还是要送的。"

许易安还没来得及反对，宋伊人就许长乐："早点回来，不要玩得太晚。"

许长乐高兴地答应了，然后随着众人坐电梯上了顶楼。

她哪里是真心想祝福苏南溪，只不过是找个机会和苏南溪谈谈，谈苏平嘉的去向，她憋了一晚上的火，总要找个地方撒出来。

再次回到总统套房，苏南溪觉得惊讶，酒店工作人员动作倒是很快，她在两个小时前还在这里换过礼服，回来就变了样子了，多出了许多红色气球还有玫瑰花，室外游泳池的上方亮着一排一排的彩灯，别有情趣。客厅沙发茶几上堆着高脚杯，旁边是香槟，吧台后面有调酒师在做鸡尾酒，甜品水果都供应齐全，真的就是开 Party 的气氛。

苏梓徽走到身边，得意地问："我的惊喜还满意吗？"

"您老辛苦了。"苏南溪并不领情，她只想和陆春晓两个人共度二人世界啊。

苏梓徽当然知道她是什么心思，坏坏地笑了。

陆春晓今晚喝了不少酒，凑近了还能闻到清冽的酒香味，他松了松领带，脱了西装放在沙发上，挽起了袖子给自己倒了一杯水，咕噜咕噜灌下去，才觉得嗓子舒服了些。

苏南溪有些心疼他，那些长辈硬是要他喝白酒，推都推不掉："你还好吗？要扶你去房间休息吗？"

"没事，我还没醉。"

他酒量好，苏南溪是知道的，好在他今晚就只喝了白酒，没有红白啤混着喝，那样才醉得快。

"苏南溪，我们谈谈吧。"

苏南溪听到声音有些诧异，许长乐居然没走而是留下来了，皱眉，显得有些不耐烦："我们有什么要谈的？"

　　"你不要给我装傻。"许长乐因为生气声音都拔高了不少，幸好周围有人在唱歌，音乐声盖住了这一切。

　　陆春晓一直都把许长乐当妹妹对待，劝说苏南溪："南溪，你们还是谈谈吧。"

　　苏南溪看在她老公的面子上退了一步，对许长乐说："要谈可以，陆春晓也得在场。"

　　许长乐起初有些迟疑，后来也就想开了："行。"

　　三个人找了间没人的房间进去谈事情。

　　"他为什么没有来？是你不让他来的是吗？"许长乐有些歇斯底里。

　　苏南溪望了她一眼，得意道："你很失望吧。你今天打扮得如此漂亮是白忙活了。可惜啊，他看不到。"

　　"苏南溪，你……可恨。"许长乐气急败坏地吼道，浑然不顾陆春晓困惑的眼光。

　　"许长乐，你给我永远记住，有我在的一天，你就别想靠近他，我不允许，你就给我死了那份心吧。看来我是多给了你一年逍遥日子，你的丑事我也该找你哥哥说说了。"苏南溪威胁道。

　　"苏南溪，你不可以这样做，你知道我很爱他。"

　　"我从来就没有讨厌过你爱他这件事，你可以单纯地爱他，远远地看着他，但是你不该设计他跟你发生关系，许长乐，你太恶心了。"

苏南溪懒得再跟她废话，对陆春晓说："打电话给许易安，让他掉头回来把他妹妹接走。"

听到苏南溪赶她走，许长乐的情绪更激动了："不，我今天见不到他，我不走。"

"叫保安来把她带出去。"苏南溪也没办法淡定了。

陆春晓过来抱着她："你冷静点。"虽然觉得这会让许长乐丢人，但还是出去叫保安了，谁叫发号施令的是他老婆。

许长乐作势要过来对苏南溪动手，两个人力气相当，很快就撕扯在一起了，谁也不让着谁。陆春晓先回到房间，看到面前两人拽下来的头发都有一大把了，忙分开了两人，苏南溪脱了水晶鞋就向许长乐砸过去，许长乐的额头上立刻多了个血窟窿。许长乐就要挣脱开陆春晓，她今天也是穿了十厘米的高跟鞋的，她下狠心非得把苏南溪整毁容了。

但很快，进来了两个保安，将许长乐拖了出去。

对方人多势众，这是在别人的地盘上，许长乐咬牙切齿，却没处发泄，她暗自发誓这笔账她日后是一定要报仇雪恨的。

苏南溪的头发都散乱了，手上有些细碎的伤口在流血。

"怎么了？打架了？"苏梓徽冲了进来，看到苏南溪的样子有些哭笑不得，"你说你何必呢？"

苏南溪觉得委屈，大声地吼道："我以后再也不要见到许长乐那个贱人了。"说完就坐在床边流泪，真是疼死了。

苏梓徽对陆春晓说："你陪着她，我去找药箱，外面一堆人都好奇着里面的事情呢。你这丫头把许长乐的脸都弄破了，我进来前还以为你也破相的，不过，还好，你占了上风。"

"谁说的，我比她伤得重，头皮疼死了。"苏南溪用手理了理头发，就抓下一大把头发，"让宁一待会进来帮我梳下头。"

"行，你等着。"

苏梓徽出去后，陆春晓坐在苏南溪身边："所以你和许长乐绝交是因为你爸。"

"不知道她什么时候存了这样的心思，我竟然之前一点都没有发觉，等到事情发生的时候，我真的杀了她的心都有了。她嘴上说把我当作朋友，可是她做的事情，可曾顾及过我这个朋友的心情？"苏南溪每次想到这件事都会觉得心寒。

陆春晓把苏南溪拥入怀中，不知道该怎么安慰她，只能紧紧地用力抱着她，让她感受自己的温度。

处理完伤口，重新梳发后，陆春晓陪着苏南溪在房间又待了会才回客厅，大家的心情并未受到影响，顾向东他们人手一只礼花筒，瞬时喷出许多玫瑰花瓣和彩带，苏南溪勉强笑着和陆春晓坐在一旁的沙发上，长这么大她第一次和人打架，现在觉得有些丢脸。

室外，顾向东和其他人联手把张嘉义扔进了泳池，宁一想在顾向东背后把他推下去，谁知道顾向东背后就像长了眼睛一样，突然让到一边，宁一自己跌进了泳池，张嘉义笑着接住了她，两个人抱在了一起，就是一阵热吻，看得顾向东想骂爹。

这个世界对单身狗总是充满恶意，这时候要是贺培安也在就好了，起码可以跟他一起承受这些热恋中的小情侣发射出来的杀伤力。

贺培安上周去了韩国，原本说好一定会在侄女婚礼前赶到的，却临时打来电话说不能回了，想来想去不应该是生意上出了问题，难道说贺培安也有女人了？这也太可怕了，顾向东想了想身边的三位好友，一位已经是名草有主，一位正在发猛力追求姑娘，曾经他们可是南城最炙手可热的单身贵族啊，如今一个个都偏离了老光棍这条道路，偏偏他要一个人走到底的样子，好心塞。

夜越来越深，大家玩累的都下去找房间休息了，剩下的都是被安排睡在总统套房的人，酒店工作人员简单地做了清扫后就出去了，一堆人窝在沙发上聊天。

苏南溪靠在陆春晓的肩膀上，喝着果汁，听他们聊天，话题基本上都是围绕着许丛的。

许丛耐心回答，而后就把话题转移到今天的一对新人身上了。

"你们呢？你们是怎么认识的？"

苏南溪看了看陆春晓，想让他回答。

陆春晓笑了笑，思绪回到一年前的北京机场，他们搭同一班飞机从马德里到北京，然后又是坐同一班飞机从北京飞南城。

"我是在北京机场的一个男洗手间门外见到她的，后来才知道她是许长乐的大学同学，经许长乐介绍我们知道了彼此的姓名。"

"对彼此的第一印象是什么？"许丛继续问。

苏南溪想也不想地说："冰美人。"

陆春晓说："高冷……的美人。"

这不就是一个意思嘛。这两人互夸对方美，可真是不把别人虐到不罢手啊。

"好想知道两个高冷的人是如何走到一起的？这似乎很难吧。"乔茹茹问。

"不难啊，因为我美他美啊，美的事物总是相互吸引的。"苏南溪厚着脸皮说。

"其实，是她先追的我。"陆春晓插嘴。

苏南溪有些掉面子，不过这的确是事实，她假装生气，离陆春晓远远的，又听陆春晓继续说："不过，如果说是她向我走了九十九步，那么最后一步是我走向她的。没办法，我不想错过她。"

苏南溪的心里有些动容，补充："我前期追他隐藏了性格，在一起后，我的脾气就暴露了，一直都是他在迁就我，这一点让我很感动。"

"在遇到彼此之前谈过几次恋爱？"顾向东问。

"我没有谈过恋爱。"苏南溪说得脸不红气不喘，在看到顾向东一副要戳穿她的样子，慌忙改口："暧昧过，我喜欢他，他也喜欢我，但是他要跟别人在一起。就是这样。"

"还有这样的事？"陆春晓有点不敢相信，谁啊？这么傻逼，这么好的姑娘都不要。不过他也要感谢苏南溪遇到的是傻逼，不然她以后也不可能属于自己啊。

"陆春晓，该你回答了。"

苏南溪抢着说："我帮他回答，一次。人现在在美国。"

"那跟你暧昧过的人现在在哪里？在马德里吗？"陆春晓附耳问。

苏南溪想也不想地就点头。

她总不能对陆春晓说，那个傻逼就是许易安啊，你看我还请他来参加婚礼，说明我现在很坦荡荡。她不敢说的原因是她不觉得陆春晓在知道这个事实后会不介意，毕竟他和许易安是朋友。

苏南溪洗完澡出来，头发还在滴着水，用干毛巾擦了几次就懒得管它了，陆春晓怕她感冒，拖着她回到卫生间，拿起吹风机仔细地给她吹干了才放她出去。

苏南溪刚想要上床就被陆春晓从身后抱住了，陆春晓的气息打在苏南溪的脖子上，带乱了她的呼吸。苏南溪有些紧张，她当然知道接下来陆春晓要做的事，也知道陆春晓其实已经忍了挺久了，毕竟从领证开始他们就睡在同一张床上，陆春晓除了吻她并没有逾越半分。

这会儿，两人借着酒劲，自然就肆意起来。他们的身体贴在了一起，内心燥热，然后陆春晓就把苏南溪拦腰抱起，轻轻扔在床上，随后压了上去，气息已经不稳，他开始脱苏南溪的浴袍，发现里面什么都没有穿，倒吸了一口气，笑了起来："老婆，你好香。"他的声音充满磁性，好听极了。

苏南溪抓住陆春晓的浴袍领口，拖着他更靠近自己，献上自己的吻，两人忘我吻着，陆春晓一只手撑在床上，另一只手已经情不自禁地抚上苏南溪的胸，慢慢地揉捏着，苏南溪的身体一下子就有了反应，那种内心的渴望被彻底激发出来，手不由自主地伸进陆春晓的浴袍里，沿着他光滑的后背移动着，慢慢向下，身体情不自禁地弓着，隔着浴袍蹭着陆春晓的下体，陆春晓加快速度脱光了自己，坦诚相见。

屋顶水晶吊灯的灯光照在两人的身上，逆着光，苏南溪都有些看不清陆春晓的脸了，她看着他精壮的身体笑得魅惑，伸手勾住陆春晓的脖子迫切地想要他，陆春晓慢慢进入了她的身体，因为怕苏南溪第一次疼，陆春晓的动作很柔很轻，直到苏南溪适应了自己，才加快了动作冲刺。

这一晚，陆春晓要了苏南溪两次，两人才沉沉睡去。

翌日，两人睡到日上三竿才优哉游哉地起床，推开门发现酒店工作人员已经把一切都打扫干净了，他们的那些朋友们也很识相地先走了。陆春晓打了电话让人送午餐来，苏南溪和他坐在花园里用餐，餐桌上放着今天的报纸，所有的头条都是关于昨晚他们的婚礼的，很显然，那么多人的情况下还是混进来了记者，她有些庆幸，幸好苏平嘉没被拍到。

她按耐不住好奇，打了电话给苏梓徽问她爸爸回家没。

苏梓徽说没有。

苏南溪并不觉得奇怪。挂了电话后，看到陆春晓一脸担忧的样子，苏南溪扯出一抹笑容："我爸和许长乐的事情，你别告诉许易安。"

　　"我有分寸的。"

　　午后，陆春晓带苏南溪回陆家待了一会，然后拿上行李前往机场赶飞机。

　　陆春晓请了一个月假用来陪苏南溪度蜜月，苏南溪喜欢蓝与白的世界，所以陆春晓就带她去希腊住一个月。

　　晚上十一点半，他们飞抵北京机场，在机场简单地吃了点东西，就去俄航柜台办理值机手续，入关后等待登机的时候，苏南溪在免税店买了些护肤品然后寄存，陆春晓则是在候机室里翻着那一本希腊旅游书。凌晨两点半的时候，飞机准时起飞至莫斯科转机，翌日的正午时分，苏南溪和陆春晓已经能从飞机上俯瞰到下面蓝蓝的爱琴海了。下了飞机后，陆春晓就把两人的手机换了希腊当地的手机卡，此时国内是傍晚时分，苏南溪和陆春晓分别给家里打了电话报平安才从雅典机场四号出口出去，乘坐机场大巴前往宪法广场。

　　陆春晓在网上定的酒店就在宪法广场附近，陆春晓和苏南溪在酒店放好行李后就出来找地方吃饭了，因已过了饭点，所以苏南溪和陆春晓就在街边的披萨店填饱了肚子，然后就打车去了狼山，乘坐缆车登顶。

　　狼山是雅典的最高点，在这里可以居高临下俯瞰整座雅典城，也可以看到雅典最美的日落和夜景。

苏南溪和陆春晓到达山顶的时候，天空还是很蓝的，离日落还有很长一段时间，狼山看台上已经站了一圈又一圈的人，人们在热络地交谈，四周有英语、法语、韩语、汉语等，他们都拿出手机和相机在拍照。山上风很大，苏南溪的头发被吹得乱七八糟，她很快把头发盘成了一个发髻，陆春晓从背包里拿出了两人的外套，贴心地给苏南溪穿上，苏南溪才觉得不冷。两人参观完教堂后就进了一家餐厅，坐在悬崖露台上，一边享用着希腊本土晚餐一边等着日落，渐渐地，天空变成了紫色、金色、玫瑰色，夕阳的光辉撒满雅典城，慢慢地、一点点地落于大山之后，过了段时间天才变黑，雅典的万家灯火与远方天空的星子连成了一片，最耀眼的是对面卫城的帕特农神庙。

"真像一堆废墟中的火星子。"陆春晓笑说。

苏南溪觉得这个形容特别恰当别致。

"我上一次来希腊是在三年前，那时候许易安带着许长乐和我登上了地中海游轮，从威尼斯出发一直到爱琴海，在雅典的 Piraeus 港口，许易安在那里签了一个大订单。那晚，他喝了很多酒，对我和许长乐说了很多话，最多的莫过于他想要得到他爷爷的认可，许长乐有些尴尬，她不想让别人知道他们家族的复杂，一直想要送许易安回房间休息，后来许易安直接醉得不省人事了，在工作人员的帮助下才回了房间。"那时候她替他盖好被子，看着他有些苍白的脸，觉得他有些可怜，生在那样的大家族里，每一个人都在为了集团董事长的位子而处心积虑、钩心斗角，他们是亲人，也是敌人。

陆春晓有意揶揄她："我以前只知道你和许长乐是朋友，没想到你和许易安也很熟。"

"我们不熟。"苏南溪认真强调。

"我记得因为那个大订单，许家老太爷开始对他刮目相看了。那两年，他给船厂创造了最大效益。不过后来整个造船业的大环境都不好，伴随着许众贺离婚，许家和法国波尔家族关系恶化后，失去了资金和不少订单，船厂走下坡路是必然。"陆春晓之前一直在研究控股的事情，他得到消息，苏梓徽似乎有意买下，和许众贺谈过，但是许众贺并不肯让，后来由于船厂拖欠工资，工人去市政府门前堵了一天，有了政府的施压，让许众贺着实头疼。

苏南溪对生意场上的事情兴趣并不大，但是她很喜欢听陆春晓说生意场上的事情，每回他都会说得津津有味，那里有他的宏图抱负，说这些他会觉得很快乐，有时候会忘记时间，事后对苏南溪说："抱歉！你肯定会觉得很无聊，让你听了这么久我的牢骚。"

苏南溪总是会善良大度地说："没事，我觉得还蛮有意思的。"

狼山的风越来越大，周围的蜡烛被熄灭了很多，餐厅服务员就立刻跑出来重新点上并在蜡烛上放了玻璃罩，苏南溪和陆春晓喝着啤酒，吃着撒了柠檬汁的烤鱼，倍觉爽口。两个人一直在山上待到十点多才乘缆车下山回酒店。

酒店前台的值班人员看到陆春晓和苏南溪进来，带着职业性的笑容，用英语告诉他们明天早上三点半酒店安排了车子会把他们送到机场，陆春晓用英语回谢谢，然后搂着苏南溪坐电梯回房间休息。

苏南溪他们订的雅典到扎金索斯岛的航班早上五点半起飞，一个多小时就能到扎金索斯岛。前几年希腊经济危机的时候，陆春晓用了很优惠的价格在扎金索斯镇上买了一套别墅，然后在当地找了一对夫妻看管房子，想着以后陆威退休后和周韵到这里生活，没想到自己和苏南溪就先用上了。

陆春晓和苏南溪下了飞机后就给租车公司的工作人员打了电话约见，没过多久，租车公司的人就找到了他们，帮他们办理租车手续，陆春晓填写了表格，把之前在国内准备好的国际驾照翻译复印件给了工作人员，然后就拿到了车，载着苏南溪往镇上去了。

家中管家为了迎接主人的到来，这几天已经把别墅前后打扫得干干净净，还用新鲜的食材准备了早餐和午餐。一路开来，镇上有些冷清。陆春晓的车子停在别墅外，按了几声喇叭后，里面就走出来两个皮肤黝黑的中年男女，他们能说流利的英文，这也是当初陆春晓雇用他们的原因，他们除了领陆春晓的薪水外，有自己的一艘船，平日里会载游客出海玩。

管家 Ares 帮他们把行李搬到了二楼房间，然后让他们休息片刻后就下楼吃早餐。

苏南溪看了看四周，典型的地中海风格，地上铺着土黄色的菱形地砖，墙面是白色的，窗户是拱形的，窗框刷着蓝漆，沙发是蓝白相间的布艺沙发，茶几是白色的，电视机柜是蓝色的，上面放着黄色的小花簇，衣柜是蓝色的，桌椅是白色的，窗帘是白色的，床是白色的，梳妆台是蓝色的，整个就是蓝与白的世界。

苏南溪把两人的行李箱打开，然后把衣服挂进衣柜里，再把两人的化妆品放进卫生间，陆春晓推开了落地窗，到露台上看风景，楼下游泳池旁边的草坪上竖着一把遮阳伞，下面是白色铁艺桌椅，管家夫妻正在摆早餐。

苏南溪去卫生间洗了洗脸，重新把头发扎成发髻，往自己的脸上和身上涂防晒霜，不忘喊陆春晓进来。

听到老婆喊，陆春晓急忙进去，以为是怎么了，却没想到苏南溪是要给他涂防晒霜。

"我不涂，黏糊糊的。"陆春晓一脸嫌弃。

苏南溪用湿毛巾擦了擦陆春晓的脸和手："你不擦防晒霜可以啊，到时候你要是晒成了非洲人，可别怪大家都认不出你来。"

希腊的阳光是挺毒的，昨天苏南溪仗着自己白想偷懒，结果脖子上就被晒伤了，到现在都红着，陆春晓权衡利弊决定还是涂吧。

苏南溪的指尖柔软地触摸着陆春晓，陆春晓没过多久就心痒难耐了，他嬉皮笑脸地说："老婆，让我亲一个吧。"

陆春晓捧着苏南溪的脸，就要亲上去，苏南溪知道他不只是想要吻她，只是她实在有些饿，用手抵着他的唇，讨好地问：

"吃完早餐再亲好不好？"

"不要。"

陆春晓是撩拨女人的高手，她不知道他这是跟谁学来的，还是天生的，他每次深情款款地望着她，苏南溪就觉得招架不住。

"就一次哦。"

陆春晓得逞，抱着苏南溪到了床上，却是要了一次又一次，最后苏南溪瘫软在他的身下睡着了。

再次醒来的时候，苏南溪是被香味给馋醒的，陆春晓精神抖擞地捧着一个大托盘到露台，苏南溪起身随意套了件陆春晓扔在床上的白衬衫，赤脚走到露台上，苏南溪才注意到天色已经不早了，别墅外的路灯已经点亮，发出微弱的光芒，远处夕阳晕红了天边，像火烧云一样。

陆春晓点燃了杯子中的白色蜡烛，把一朵玫瑰花递给苏南溪，苏南溪放在鼻间闻了闻，然后在陆春晓拉开的椅子前坐下。

"水果沙拉，茄汁墨鱼，烤鸡肉串，番茄酱大虾，鱿鱼筒，煎银鳕鱼，蔬菜汤。"陆春晓凭着刚才管家太太 Aitna 给他做介绍的记忆复述给苏南溪听。

"还挺丰盛的。"

这还是苏南溪今天吃的第一餐，陆春晓特地吩咐他们弄丰盛点，怕饿着自己的妻子。

"Aitna 之前在餐厅里做事的。"

"原来如此。"

陆春晓给苏南溪倒了一杯啤酒，然后夜晚就这样静悄悄地来临了，天空中已经有了几颗星子，晚风习习吹来，仿佛带着大海潮湿的味道。

陆春晓每样菜都尝了尝，喝了口啤酒，见苏南溪吃得香，就颇有兴致地给她剥起虾来。他的性子极好，做事不骄不躁有条不紊的，对待任何人都能有极大的耐心，他能和老人畅谈，陪小孩玩乐，当然苏南溪也听说了他谈生意时候的杀伐果断。

苏南溪看着低眉顺眼的陆春晓，心里甜滋滋的，她嫁的人不仅有绅士风度还对她体贴入微。

"看我做什么？你不是很饿吗？"陆春晓笑得灿烂，蜡烛柔和的光照亮了他的脸。

"老公，你真好看。"苏南溪嘻嘻笑着。

陆春晓把放着剥好虾肉的盘子移动到苏南溪的面前，用餐巾纸擦了擦苏南溪嘴边的油腻。

两人吃得差不多的时候，陆春晓看了看手机上的时间，神秘地笑了，苏南溪的耳边突然传来一声巨响，惊了一跳，转过头望去，发现天空中绽放着五颜六色的烟花，一个一个地炸开，绚烂多姿。

"Surprise！"陆春晓说。

苏南溪起身凑到陆春晓跟前，低头吻上了陆春晓，晕乎乎地说："我好像醉了。"

啤酒，你，都是这样地醉人。

大概是白天睡太久了，夜里苏南溪的睡眠很浅，起初是外面的风声太大吵醒了她，连窗户都在震动，不一会儿雨点就砸在了玻璃上，后来天空电闪雷鸣，苏南溪就更加睡不着了。

屋子里开着微弱的灯光，身边陆春晓的呼吸很均匀，他的手正搭在苏南溪的肚子上，两个人原本盖着的被子都掉在地上了，空调的冷气很足，所以身体都是冰凉的。苏南溪起身，拾起了被子，给陆春晓盖好，把空调的温度调到最高，自己则埋在沙发上玩手机。

国内现在是清早，微信群里大家都醒着，有一句没一句地聊着。

苏南溪发了个微笑的表情来刷存在感，然后登陆许久没有用过的微博，发现有很多人评论私信她，她浏览了几条，大致都是在祝她结婚快乐的，苏南溪才知道原来他们结婚那天，陆春晓发了张两人的结婚照到微博上，并圈了她的微博名。人气王陆春晓的不少粉丝苦口婆心地让她好好照顾陆春晓，还有人让她多发些两人的照片到微博上做粉丝福利。

苏南溪偏不，陆春晓的美只属于她一个人，她才不给那些粉丝们舔屏的机会。不过她真的很久没出现了，发了一张从飞机上拍的爱琴海的照片到微博上，附言："我们很幸福。"就退出了微博。

微信上，苏梓徽发语音告诉她："许丛早上离开南城回三亚了。"

苏南溪看了看床上的人，松了一口气，还好没被吵醒，她快速打字。

苏南溪：打字，不要发语音给我，我老公在睡觉呢。

苏梓徽：现在那边三更半夜，你怎么不睡？看来陆春晓不行啊。

苏南溪：行不行我知道，关你毛事？你来找我就是想告诉我你留不住许丛。

苏梓徽被气到，回：当然不是，再过半个月她肯定得回来南城。因为我跟他们集团老总打过招呼了，让他把许丛调到南城的酒店当人力资源部总监，薪水是她现在的三倍。

苏南溪：我不觉得她会为了薪水就羊入虎口。

苏梓徽：她老爸老年痴呆症，住在养老院里，每个月都会花不少钱，我把那间疗养院买下来了，所有费用都涨价了。所以我相信她会来的，她又不傻。

苏南溪：你真是老奸巨猾啊。

发完这句话后，有黑影突然落在了外面露台上，发出重重的闷响，苏南溪惊得大叫了一声，陆春晓迷迷糊糊醒来，紧张地问："怎么了？"

苏南溪跑上床，抱住陆春晓，有些害怕地说："外面露台上好像有东西掉下来了，你去看看啊。"

她以前看过的电影里出现的一幕，死人突然从高空砸在地上，也是这样的声音。有了这样的联想，她就更害怕了。

陆春晓下床开了所有的灯，然后打开了落地窗，在听到那一声"喵"后也是吓了一跳，那只猫通体都是黑毛，此刻全部竖了起来，眼睛发出绿油油的光亮。

"是野猫来躲雨的。"

苏南溪松了口气："哦。"她跟在后面看了眼，还真吓人。

陆春晓问："要赶走吗？"

苏南溪看外面雨下得哗啦啦的，有些不忍心："算了吧，明天雨停了再让它走吧。"

这猫估计是这里的常客了，大概也没有想到房间里会住人，所以在看到陆春晓和苏南溪后它后退了好几步，然后大概知道他们没恶意才没离开。

关了落地窗后，陆春晓拉了窗帘，想起什么似的，问："你大半夜怎么坐沙发上了？"

"我睡不着啊，在跟苏梓徽聊天。"

"你跟苏梓徽关系好得我都要吃醋了。"

"神经！他可是我亲叔叔。"

陆春晓原本计划第二天一早让 Ares 带着他们出海玩的，但是现在这雨下得这么猛，一时半会停不了，估计明天的计划要泡汤了。

陆春晓给自己倒了杯水，喝了几口递给苏南溪喝，拿起手机看了看时间，离天亮还有好长一段时间，他的睡意已经全无，苏南溪更是精神奕奕的。

他问苏南溪："要看电影吗？"

"好啊。"

苏南溪无视微信上苏梓徽变身话痨的热情，回了句："老公呼唤，不说了。"

苏梓徽郁闷地打字："呵呵，重色轻叔，信不信我把你卡停了？"

"没关系，我老公给我卡了。"苏南溪故意气他。

四楼阁楼是间小放映室，有一堆旧 CD，苏南溪直接在最近几年上映的电影中抉择，最后敲定了那部 *W.E.*（《温莎公爵的情人》），麦当娜导演的，苏南溪记得这部片子刚上映的时候，她是和许长乐一起看的首映，当时她俩都沉迷于爱德华八世不爱江山爱美人的童话故事中无法自拔。陆春晓从楼下找了一堆零食上来，两个人窝在沙发上，开了瓶可乐畅饮起来。

影片开始后，苏南溪直接按了快进键，陆春晓不解，苏南溪解释："前面很无聊的，不看没关系。"她有些心虚，因为前面会有 Andrea Riseborough 的全裸，她当然不想自己的老公看别的女人的裸体，况且那个裸体还比自己的漂亮。

影片采取两个平行空间交叉叙事的方式，有两条线，第一条线是沃利斯和大卫的爱情故事，第二条线是现代女性瓦莉仰慕沃利斯，忍受着丈夫的冷漠，最后反抗，与拍卖行的保安有情人终成眷属。

在遇到沃利斯之前，大卫的生活是丰富的，他有多位情妇，当时沃利斯和她的第二任丈夫努力结交上流社会，与大卫的情妇关系甚好，在这位情妇前往美国前托沃利斯好好照顾大卫，结果情妇回来后发现大卫和沃利斯早已是一对，但他们的关系并不被皇室和公众祝福，最终大卫签署了放弃王位的同意书，与沃利斯搬到法国生活。在麦当娜的想象中，沃利斯在大卫为她退位后是彷徨不安的，她并没有足够的勇气迎接和大卫的新生活，她选择用酒精麻痹自己，而被英国放逐的大卫也有些狼狈，最终大卫在病床上看着年老的沃利斯依旧曼妙的舞姿安详离去。

而现代女性瓦莉幻想着自己是沃利斯，可偏偏现实生活中她没有英俊潇洒专情的大卫，她怀疑丈夫出轨，流连在沃利斯遗物拍卖行，保安对她一见钟情，在瓦莉与丈夫打架后带着她来到自己的小屋，两人收获爱情，影片的最后，瓦莉怀了保安的宝宝。

苏南溪依偎在陆春晓的怀里，仰头问："陆春晓，你会像大卫爱沃利斯那样爱我吗？"

陆春晓关了屏幕，揉了揉苏南溪的头发，不假思索地回："会。"

"我相信瓦莉的丈夫在和瓦莉结婚的时候也是非常爱她的，可是后来他们为什么会变成那样了？"瓦莉的寂寞深入人心，让看的人都感受到了那一股厚重的空虚。

"也许就是因为瓦莉的疑神疑鬼才毁了这段婚姻。"陆春晓说出这话显得很无情。

"不，不是这样的。"苏南溪有些激动，她离开陆春晓的怀抱，很认真严肃地看着他，"我觉得他的丈夫只顾着工作，对妻子诸多限制，太冷漠了。结婚久了就会像他们那样，没有了爱，没有热情吗？"

"我不知道，但我相信感情是处出来的，日子是过出来的，有误会就沟通，争吵少一点，理解多一点，大家都会快乐一些吧。"

"陆春晓，如果你以后出轨了，我一定……"她的目光瞅了瞅他的下半身，然后做了一刀切的动作。

　　陆春晓下意识地捂住下半身，笑得明朗："果然是最毒妇人心啊。"

　　"所以啊，你不要惹我。"

　　陆春晓打了个哈欠："行行行，你是老大。"

　　两个人回房间躺床上腻歪了会，天就大亮了。

　　下过雨后的扎金索斯，一扫先前的闷热，空气清新凉爽，院子里和游泳池里都是些落叶落花，显得残败，Ares 正在打扫，他的妻子在准备早餐。苏南溪又看到了那只黑猫转来转去地似乎不愿离开，苏南溪让陆春晓去拿了些午餐肉过来给它吃。

　　"你喜欢这只猫啊？"昨晚还被吓得不轻。

　　"当然不。"作为颜控，苏南溪是不愿意亲近这只黑猫的，但是既然它选择来到他们家，喂野猫就当行善积德了。

　　"南溪，你好像从来都不喜欢养这些小动物。"

　　"因为我不想做铲屎官啊。"苏南溪一脸嫌弃道。

　　陆春晓无语地笑了。

　　"你喜欢小孩子吗？我给你生个孩子好不好？"苏南溪问。

　　陆春晓愣了愣，觉得这个话题还太早了，快快地说："过几年吧。"

　　"小孩子很可爱啊。"

　　陆春晓没有接话。

　　苏南溪尴尬地笑了笑，不再说话，她安慰自己，也许他只是想要多过几年二人世界吧。

后来回国后，苏梓徽还打趣问她会不会怀个蜜月宝宝，简直是在她伤口上撒盐，安全期怀毛宝宝，就算不是安全期，陆春晓也做措施了。总之，她算是明白了，怀宝宝这件事近几年是不可能了。

苏南溪和陆春晓并没有因为孩子的问题闹得很不愉快，她从一开始的不开心到之后的接受、尊重，都有自己的思虑。是她大意了，她有好多事要做，似乎是没有时间怀孕生宝宝的。所以她生了一下午的闷气后，第二天就正常了，依旧在陆春晓面前嬉皮笑脸。陆春晓松了一口气，拿着准备好的食物开车带着她去了灯塔看星星，然后他们就在海边扎了帐篷睡了一晚，两人的关系恢复如初。

第二章

真陆暄和
假陆暄

国内，苏平嘉和周韵正上演着久别重逢的戏码。

　　街角的咖啡厅角落坐着两个人，桌上咖啡冒着袅袅烟雾，因是上班时间，所以店里人并不算多，前台播放着婉转悠扬的曲调。

　　"你好像都没有什么变化。"周韵率先打破沉默，客套起来。

　　但其实她放在桌下的手都在微微颤抖，这么多年未见的人突然出现在她面前着实吓得自己不轻，更令她觉得意外的是，这个男人一点都没有变，还是很年轻英俊，而相反，自己跟他比起来像被岁月怠慢不少。

　　"你过得还好吗？"苏平嘉觉得自己问得多此一举了。

　　周韵淡淡笑了："挺好的，最近儿子结婚了。"

　　"我记得你还有个女儿。"苏平嘉面无表情地提醒。

　　周韵的脸微微僵住了，装傻："我的女儿在很多年前走丢了。"

　　苏平嘉蹙眉，努力压抑住自己的怒气，却听周韵急急改口："她还好吗？"

　　"她长得很漂亮，最近也结婚了。"

　　"什么？她嫁人了？"周韵感到很讶异，她忍不住想他们的女儿一定继承了他们精致的五官，长成了大美人，身边肯定有很多追求者，所以才会年纪轻轻就结婚。

"遇到自己喜欢的人，就结婚了。"

听到苏平嘉这样说，周韵稍微放下心来，看起来女儿过得还不错。

"你呢？你结婚了吗？"

苏平嘉并不想回答这个问题，没有接话。

"你来找我，是有什么事吗？要钱吗？"她已经做好苏平嘉问她要钱的准备了，毕竟当初把女儿扔给他的时候就约定好今生不会再见的，然而他却食言了。

"你觉得我是来跟你要钱的？"苏平嘉忍着内心的作呕问。

"难道不是吗？我当初给你钱，是你自己不要的，你说你有能力把她养大。"周韵失去了耐心，她记得那年苏平嘉在马德里一家建筑事务所上班，薪水不低，养大一个小姑娘对他来说不难。

"她是你嫁进陆家的工具，除此之外，你对她有过母爱吗？"苏平嘉忍不住指责。

周韵不爱听这话，拔高了声音说："我当然爱她，她是我十月怀胎生下来的宝贝女儿。"

"是吗？爱？我怎么觉得那么可笑呢？"

"我的爱不需要你来评判。"周韵黑漆漆的眸子中满是不屑。

"你想见见她吗？"

周韵摇头，她一点都不想，但是面上故作为难之色说："她大概不想见我吧。"

"她失去了记忆，不记得你了。我找到她之前，她被流浪汉欺负受伤住院，然后被送到了福利院，你知道的，当地反华人的人很多，那些流浪汉差点强奸了她，后来被巡逻的警察抓了起来。我事后从她口中听说这件事还是觉得后怕，那么好的女孩要是被糟蹋了，我们的罪过就更大了。"让她童年的记忆多了这些阴暗的事情，苏平嘉至今都觉得难过。

周韵觉得难以置信："怎么会这样？我把她放在那条街上的时候你说你很快就会到的。"

"附近发生了车祸，我被耽搁了，去迟了一步。"

"这是你的错。"周韵激动地说。

苏平嘉也不想辩驳，面前的女人从来都不会在自己身上找原因。

"周韵，你不想问问我，女儿嫁给了什么样子的人吗？"这才是他今天来找她的原因啊。

"对方是什么人？"

"年轻有为的生意人。"

"这样挺好的。"起码可以给她女儿优渥的物质生活。

"他叫陆春晓。"苏平嘉几乎心痛着一个字一个字说出来。

周韵震惊地睁大了眼睛，嘴里呢喃着："什么？你说什么？"下一秒她站起身来就要离开，她才不想在这里听对面这个男人在这说疯言疯语。

"我给女儿取名苏南溪。"

周韵腿都软了，一个踉跄差点摔倒："不可能，苏南溪是南城首富苏家的孙女，她怎么可能是你的女儿？而且我记得她爸是模特。"

"你当年连上学的学费都拿不出来，一双鞋穿破了才会扔，所有的时间除了学习就是拿来赚钱了。"

当年的穷小子怎么可能是苏家的儿子？周韵不愿相信。

苏平嘉翻出手机中的一张合照给周韵看，周韵看了后手都在颤抖："这么说你真的是苏家的大儿子。你怎么能让这样的事情发生呢？他们怎么可以结婚？"她气急，将手机砸在苏平嘉身上。

"我并不知道陆春晓就是你的继子。"他亦是后悔莫及。

"那现在怎么办？"她想到了陆威，如果陆威知道苏南溪就是陆暄，他一定会杀了自己的。

"你说南溪失去了记忆，是真的吗？"周韵觉得这是她最后的希望了。

"是真的。"

周韵冷静了一会儿，对苏平嘉说："这件事我会看着处理的，我会拆散他们。"

"我不准你伤害她。"苏平嘉着急地说。

周韵才不理会，拿着包走了。

这一刻她是恨苏平嘉的，恨得牙痒痒的，若是他从一开始就不隐瞒自己是富家公子这事，那么之后的那些破事不就不会发生了吗？究其根本，他才是这一切的罪魁祸首。

苏平嘉望着周韵离开的背影，有些恍惚。

很多年前，她提出分手离开时，也是这样骄傲地昂首挺胸离开。

那时候她说什么了？

哦，她说："我怀孕了，孩子不是你的，我要嫁人了。"

然后八年后，她来了马德里，托人给他塞了纸条。

"我当年怀的孩子是你的，她长得跟我丈夫越来越不像，我丈夫有些怀疑，想去做 DNA 比对，所以你现在得养她，如果我丈夫确定女儿不是他的会杀了我们的……"

不等见到他，她就把女儿擅自丢在了他建所附近的街角。

陆春晓跟苏南溪在扎金索斯住了一个多礼拜，他带她出海海钓，带她去看了沉船湾和蓝洞，陪她在沙滩上堆城堡、等日落，给她开篝火晚会，在海边放烟花给她看，会因她吃厌了希腊本土菜，而去超市买食材回来做中餐给她吃，他几乎是把她宠上了天。

他还想带苏南溪玩很多地方，除了扎金索斯和圣托里尼，他想带她去米克诺斯、克里特岛等等。

不过他们的行程还是出了一点意外，陆春晓必须要临时赶去马德里一趟，因为他委托寻找妹妹的侦探发来邮件告诉他有了新的线索。当时，他们刚刚从圣托里尼回到雅典，打算在第二天坐船去克里特岛。

陆春晓把这件事告诉苏南溪的时候，她似乎很惊讶。

他以为她是不开心的，抱歉地说："对不起南溪，我知道我本该陪着你好好玩的，但是寻找妹妹是我人生中最重要的事情之一。你一个人先去玩好不好？我保证会用最快的时间回到你身边。"

苏南溪回过神来："我跟你一起走，就把剩下来的行程定在马德里好了，我家、我上学的学校、我喜欢的餐厅、我常去的图书馆，这些地方，我很早以前就想带你去看看了。"

"好。"

陆春晓立刻订机票，从雅典直飞马德里差不多要四个小时，所以他们到马德里机场是当地时间七点。

下了飞机后，陆春晓让苏南溪先打车回家，等他事情谈好后就去找她，他走得急匆匆，刚出机场就被一辆轿车接走了，而她看到那长长的出租车排队队伍有些烦躁，以前不是有老爸接就是老爸的经纪人接，最近他们都在国内工作，指望不上了。

她顾不上是不是打扰到苏梓徽休息了，给他打了电话。

"姑奶奶，你是玩疯了，你知道现在几点吗？"苏梓徽接起电话就一阵抱怨。

可他明明可以拒接的。

"我跟陆春晓来马德里了。"苏南溪有些惶惶不安。

苏梓徽一下子清醒了许多："怎么回事？"

"陆春晓雇用的侦探说找到了陆暄的重要线索，我不知道那是什么。"她暴露了吗？她忍不住想。

"你别着急，不要自乱阵脚，你得静观其变。"

而静观其变的结果就是，陆春晓激动地打来电话告诉苏南溪，他找到陆暄了。

当时苏南溪的心紧张得都快跳出来了，她的身体在颤抖，强颜欢笑道："怎么回事啊？"

"DNA 比对结果已经出来，她的确是我妹妹。她八岁的时候在马德里和妈妈失散，因为受伤失去了记忆，然后被送到了玛利亚福利院，在那里长大，现在是一名警务文员，无意间在办公室看到了我们寻人启事上的陆暄小时候的照片后就找到了我们。"

苏南溪听到这里才明白，是有人来冒充了陆暄，提着的一颗心缓缓放下。

"南溪，我订了明天的机票回国，爸妈都想尽快看到妹妹，你跟我们一起回去吗？"陆春晓都有些羞愧开口，明明她要带他去看她曾经生活过的地方的，而他却没法见到了。

"回啊，我们明天机场见吧。"

结束通话后，满室的静谧，苏南溪看着满桌的菜，内心十分孤独，她还是那个刚新婚没几天的新娘子吗？这可是她的蜜月期啊，她差点被丈夫丢下了。

她给苏梓徽回了电话，向他说明了这件事，苏梓徽叹为观止，回了一句："活久见！"

苏南溪也是觉得纳闷。

怎么 DNA 比对就对上了呢？

第二天在机场见到那个陌生的"陆暄"后，苏南溪觉得尴尬无比，偏偏那姑娘对她这个嫂子很是热络，说什么见到亲人倍感亲切，苏南溪真想一巴掌甩上去，再说一声："骗子！"

其实她想了一夜也想明白了，这个假陆暄一定是有陆家的人在帮助她。

哦，周韵的嫌疑最大。

回到陆家，苏南溪就看到了一出感人肺腑的认亲戏，假陆暄脸上的眼泪差点亮瞎苏南溪的眼。

从此陆家的红人就变成了假陆暄，而苏南溪这个刚进门的新媳妇备受冷落。

不仅如此，周韵还让她辞掉工作，专心在家伺候陆春晓。

辞就辞吧，反正她有老公养，而且苏梓徽的副卡还在手里呢。

苏南溪抽了一个工作日去和风集团办理离职手续，把自己带回来的礼物给原来的同事们分了分就去了苏梓徽的办公室，从包里拿出了一只锦盒，递给他："你的礼物可是最贵的，我对你好吧？"

"谢啦！"苏梓徽拆开看发现是一枚 6 克拉粉钻。

"如果你能追到许丛，就给她做个戒指吧。"

"你去见过她了吗？"

"我们还没有约时间，她刚接手新工作，很忙的，她说等自己安排好了，再跟我约。"

"怎么样？我就说她会回来南城吧。"苏梓徽略得意。

"是是是，你最聪明了。"苏南溪拍着马屁。

"那个假陆暄怎么样了？"

"能怎么样？在陆家拉拢人心啊，她嘴巴很甜，又不摆架子，陆家上下都可喜欢她了。"苏南溪完完全全被这个冒牌货比下去了。

"你爸爸应该找过你妈了，并且已经告诉你妈你就是她女儿的事了，不然她不可能想出这一招。"

"同意。"

"你老妈歪脑筋动得挺快的。"

苏南溪心里憋着一股劲儿，越听"老妈"这个词就越觉得别扭，她有些倔强地纠正：

"我婆婆，她是我婆婆。"

她曾以为婆媳问题是不会那么快发生在自个儿身上的，要知道看在结婚前周韵对她出手大方、天天送补汤的那个热乎劲儿的份上，苏南溪怎么着还得过几个月再去折磨她的，但是没想到周韵对自己先下手为强了。

"这几天，她每天都逼着我学做菜煲汤，看起来一副为了我好的样子，实际上就是为了折磨我。我连睡个午觉她都要去拉我下楼帮她假女儿选裙子和鞋子，夸我眼光独到。呵呵，谁稀罕她夸我？"

"那你呢？你打算什么时候摊牌？"

苏南溪想了想："再等等吧，先让她得意一阵子。"

"对了，你怎么想起来把我爸弄到横店拍电视剧去的？"昨天她和苏平嘉的经纪人孟玖通电话，那边似乎还传来导演骂人的声音，也难为了苏平嘉了，生得那样好看，却偏偏没演技。

"我跟他经纪人合计了下，我们公司某个电视剧里的一个角色特别适合他，就签了合同，你爸要是不参演可是要赔一个亿的违约金的。"

"你够狠啊！"

临走前，苏南溪从包里拿出了三只透明袋子，里面都是头发，每一只袋子上都标签了名字，分别是她自己、周韵还有那个假女儿。

"帮我拿去做 DNA 比对吧。"

苏梓徽看了看样本，有些无语："怎么还有你的？难道你都开始怀疑自己的记忆出了问题？也许你根本就不是周韵的女儿。"

"可不是。"周韵搞这么一出，她都错乱了。

苏南溪离开和风大厦后没有回家，而是让司机把她送到了创意园宁一的婚纱店。

店员们都认得苏南溪，将她带到二楼的会客厅，然后给她送了一杯樱花茶以及一些甜品。

很快，宁一就从三楼下来了，见到苏南溪的时候感到很意外："宝贝儿，怎么感觉你胖了？是不是怀上了啊？"

"没怀。"苏南溪恶狠狠地回。

宁一吐了吐舌头："不好意思啊，看错了。"

苏南溪给宁一递过来一个纸袋子："回来得太匆忙了，只能在机场给你选了个包。"

宁一看了看，是一只金色的链条包："谢谢宝贝儿。"

"你现在忙吗？我来会不会打扰到你工作？"

"没关系，我正好也要休息会儿啊。"宁一突然想到了什么，有些兴奋地问，"我听说学长的妹妹被找回来了，是真的吗？"

"消息传得真快。"苏南溪抿了口樱花茶。

"你怎么好像不开心啊？"宁一看出了苏南溪情绪不高的样子。

苏南溪差点脱口而出"那是个冒牌货"，她吓得赶紧用手捂住了嘴巴。

"怎么了？"

"没什么。"苏南溪的目光被宁一手上的钻石戒指吸引住了，她伸手抓住宁一的手凑到自己的眼前，"张嘉义的眼光真不错，这一款真好看。"

宁一的眉眼里都是笑意。

"准备什么时候结婚啊？"

"等他爸身体好一些吧，我最近也超级忙的。对了，我下个月16号办秋冬新品发布会，你来做我压轴的模特吧。"

"好啊，没问题。"反正她现在是无业游民，有的是时间。

手机铃声突兀地响起，苏南溪看了看屏幕，是陆春晓打来的，她对宁一做了一个嘘的动作，然后才按了接听："喂？老公。"

"你在哪里呢？"

苏南溪看了看宁一，故意含糊地说："在外面啊。"

苏南溪和宁一的关系其实比陆春晓知道的要好许多，当初追求陆春晓，宁一出了不少力。

"晚上我们一起吃饭吧，妈说你最近心情不太好，让我多陪陪你。"他大概是一边在看文件一边在打电话，说话有些心不在焉。

苏南溪忍住翻白眼的冲动，轻声细语地说："我没有心情不好啊，妈是从哪里看出来的？"

"不知道啊，可能她比较敏感吧。"陆春晓也觉得他妈小题大做了，身为丈夫，他是没有发现苏南溪有任何不对劲的地方。

而周韵觉得苏南溪最近因为陆暄有些不开心，因为他们每个人这几天都围绕着陆暄转，苏南溪会觉得受到了冷落。她嫁进陆家前就是集万千宠爱于一身的孩子，她身边的人都注视着她，现在有些小落差是可以理解的，毕竟她年纪小，任性肆意也是正常的，做丈夫的好好哄哄就可以了。

陆春晓想了想，他回来后白天上班，中饭不回家吃，晚饭有时候也需要在外应酬，一天里和苏南溪也就只有那么点时间单独相处，确实冷落了她。

"那我在你公司附近的商场逛逛，你下了班来找我吧。"

"好。"

宁一一直盯着苏南溪的脸望，想要试图找出她心情不好的证据，可是没有啊，尽管苏南溪不承认自己胖了，但是她最近确实脸圆润了不少，面色红润得都不用抹胭脂了，被老公滋润得不错。

"你心情不好？"宁一小心翼翼地问。

苏南溪被气笑了，摇头，四个字总结："婆媳问题。"

宁一大跌眼镜，激动地问："什么？这么快就出现婆媳问题了啊。陆春晓她妈不是很喜欢你吗？"

"那是结婚前，结婚后就不一样了，尤其是家里现在多了个失散多年的宝贝女儿，自然就更不会把我放在眼里了，这不闲得无聊就来挑拨我和陆春晓的关系了。一旦我承认我心情不好，那么我嫉妒陆暄的这顶帽子就扣在我脑门上了。"

宁一啧啧摇头，感慨："婆婆真是这个世界上最恐怖的生物了。"

苏南溪抿嘴笑："所以你还是多享受享受两个人的恋爱生活吧，不要那么快步入坟墓。"

"你苏大小姐这样的姿色、身家都遭遇头疼的问题，我以后肯定要被我婆婆虐成渣了。"宁一想都不敢想。

晚上，陆春晓带苏南溪去了四季酒店的顶楼花园餐厅。

苏南溪今天幸好穿得很正式，不然还进不来这里吃饭。

陆春晓绅士十足地为苏南溪拉开了座椅，苏南溪坐了下来，耳边流淌着抒情的音乐，透明的玻璃墙外就是这座城市的夜景，流光溢彩，美轮美奂。

苏南溪口渴，喝了一杯柠檬水，然后才拿起菜单看菜，有些意兴阑珊。

陆春晓笑得漫不经心："看来你下午逛街逛累了。"

"谁说我逛街了？"苏南溪现在对买买买并不感兴趣，她的生活有些无聊，而她的朋友们似乎每个人都很忙碌，她们都有自己的追求。

"那你做什么去了？"陆春晓好整以暇地看看苏南溪，指望着她说出什么惊天动地的大事来。

"我在路上捡到了一张传单，一份据说国内很有名的杂志在招模特，下午正好是试镜时间，我就找过去了，在现场填了报名表，轮到我的时候，我Pose还没摆出来，他们就让我出去了。"现在想起来，苏南溪还是觉得很郁闷。

"为什么？"

"嫌我年纪大，他们只欢迎二十岁以下的小妹妹。"苏南溪头一次深深感受到了这个社会对大龄女青年的歧视，何况她自认为自己还不算大龄啊。

"妈让你辞职，你很无聊吗？"

"有点。"

"你可以约朋友一起喝下午茶啊。"陆春晓建议。

"你不觉得我最近吃甜食吃太多都胖了吗？我要减肥了，我答应了宁一下个月要给她做模特走秀。"

"妈说她有教你做菜，学得怎么样了？"

"我学不会啊，我很笨的。"苏南溪显得很沮丧，一抬头就对上了陆春晓笑意盈盈的眸子，怔了怔，恍然，"你早就知道是这样的结果了是不是？"

"我自己的老婆有几斤几两，我还是很清楚的。"

苏南溪嗔笑："那你还说期待我给你煲的汤。"

"我说着玩的，想让你努力学的，结果老公的魅力不够啊，战胜不了你的笨。"陆春晓取笑道。

苏南溪嘴上说着要减肥，但是胃口却是极好的，不过吃完后她就后悔了，早知道自己就少吃点的，于是拉着陆春晓去江边散步消食了。

七月份的南城白天已经很热了，但是一到晚上天气就变得很凉爽。

和他们一样来这里散步的人有很多，有老人、小孩、情侣，还有狗狗。江面上时不时驶过一艘又一艘豪华游轮，岸上的人们停下步子，羡慕着船上纸醉金迷的生活，这一区是金融圈，时常会在游轮上举办舞会。时至今日，苏南溪对这样的生活还是很陌生的，是苏梓徽把自己保护得太好了吧。

回到家的时候，客厅里传来欢声笑语，苏南溪走了过去。

"嫂子，你看这个王冠好看吗？"Jose，即陆暄冒牌货，兴高采烈地走到苏南溪面前，献宝似的举起手中的东西问她。

"好看。"苏南溪笑着回。

"妈妈送给我了。"她用手轻轻地婆娑着王冠上的细小钻石，爱不释手。

苏南溪面上不动声色，心里骂了一声"臭嘚瑟"。陆春晓停车进来，Jose也问她哥哥好不好看，她哥哥一脸宠溺地说好看。

"我打算这个周末举办个小型宴会，把暄暄正式介绍给亲友。"周韵对陆春晓说，随后又问苏南溪："你觉得暄暄适合穿什么样的礼服？南溪。"

苏南溪热情地拉着Jose的手，说："明天我就带妹妹去选衣服。"

陆威满意地看着儿媳，露出欣慰的笑容。

等苏南溪带着 Jose 出去买礼服的时候，周韵给许久不联系的许长乐打了电话，问她最近在忙什么呢，怎么不来家里玩了。

在苏南溪出现之前，周韵一直想把许长乐跟她儿子撮合在一起。现在知道苏南溪是这样的身份，周韵就想用许长乐把苏南溪踢出局去。在她眼里，许长乐现在可比苏南溪顺眼多了。

许长乐走到镜子前，摸了摸自己的额头："阿姨，我上次跟您那彪悍的儿媳打架，到现在脸上的伤还没好全呢。"

周韵故作诧异："天呐！还有这样的事啊？这南溪下手也太不知轻重了。"

"是啊，阿姨，我还担心您以后被她欺负呢。"许长乐顺势说。

周韵赔笑："这个周日，我在家给我女儿办个宴会，你来参加吗？到时候我让南溪给你赔个不是。"

许长乐答应下来，因为能有个给苏南溪添堵的机会，不要白不要。

"好啊，阿姨，我到时候一定去。"周韵找到女儿这件事，许长乐听她妈妈说起过，她对这个陆暄还是很好奇的，从前大人们常说的长得好看的孩子却丢了，每个人提起她就特别惋惜。

到了周日，周韵请来了策划公司的人来家里的庭院布置，更邀请了南城有名的厨师团队来帮忙，午餐的菜单、食材的来源、餐具的颜色……周韵都要一一过问。Jose 喜欢白玫瑰，她就让人在庭院里摆放了很多白玫瑰。

而 Jose 正在房间里梳妆打扮，穿着苏南溪送的礼服，戴着周韵送的钻石王冠，即将享受着公主般的待遇。

苏南溪在楼上看着庭院里忙前忙后的人，默默笑了。周韵如此尽心，就好像Jose真的就是她女儿一样，有些可笑。

陆春晓昨晚喝多了回家，此刻被外面的声音吵醒，倚靠在床上，揉了揉自己的太阳穴，用沙哑的声音喊："南溪，帮我倒杯水。"

苏南溪转过身，回："哦。你被吵醒啦？"

"嗯。"

陆春晓真的很渴，很快就喝光了杯子里的水，南溪又给他倒了一杯。

"再睡会吧，你气色不好，以后少喝点酒。"苏南溪心疼地说，然后给陆春晓盖好了被子，将窗帘重新拉上，室内恢复了安静。

陆春晓渐渐睡着，苏南溪则窝在沙发上看书，临近中午，两人才下楼。家里已经有了客人，都是陆家的亲戚，陆春晓陪他们坐在沙发上聊天。周韵让苏南溪到院子里陪女生们打牌玩，南溪摇摇头，面露难色："妈，我不会打牌。"

周韵又说："我喊了许长乐来，你去外面等等她吧，顺便在私下里给她道个歉，我可听说你们上次打架了。"

苏南溪不情愿，心里嘀咕道毛歉，她才不要道歉。看到苏南溪这样的态度，周韵的脸色明显难看了，苏南溪觉得烦，妥协道："好啦，我去迎接她。"其实是想到院子外透透气。

只是没有想到，她走在路上会被车撞倒，准确地说那辆要撞她的车离她的身体还有三厘米的时候停住了，她自己下意识地倒在了地上，伤了腰，而从驾驶座上下来的女人，优雅地拿下墨镜，红唇微微轻启："对不起啊，亲爱的，我本来打算踩刹车的却突然踩到油门上了，我自己也被吓得不轻。你没事吧？"

"装模作样，假好心。"苏南溪鄙视道，然后用手抵着自己的腰，不远处的Jose惊魂未定，她冲她吼道："愣着干什么？还不把我扶起来。"

此时Jose才回过神来，慌忙跑过来扶起她问："要送你去医院吗？"

"这不是废话。"苏南溪疼得直不起身子。

Jose跑回家喊他哥哥来帮忙，苏南溪冷笑了一声："许长乐，就当上次我下手重了些，我们扯平了。"她也不打算报警折腾了，反正许长乐可以撇干净自己。

"随便咯。"许长乐一副幸灾乐祸的样子。

陆春晓急匆匆地跑出来，问她疼不疼，然后把她抱上了车，向附近医院开去。

一路上，陆春晓开车有些猛，逮到机会就超车，有好几次差点跟别人撞起来，苏南溪忍不住抱怨道："你开慢一点，我还没到医院，就要被你吓死了。"

"没事，你要相信我的车技，我担心你。"

从陆春晓口中听到"我担心你"这四个字令苏南溪感到动容。

"不过就是扭了腰，不碍事的。"苏南溪忍着疼，说了些宽慰他的话。

看到苏南溪疼得满头大汗的，便知道她是扭到腰了，可是陆春晓还是没有办法做到淡定。

"你都多大的人了，走路怎么会那么不小心？"他责备道。

苏南溪有些无语："Jose 是这样跟你说的？说我是走路摔倒扭到腰的？"

"难道不是吗？"

苏南溪快要暴躁了："停车。"

"干吗？"

"我很生气，不要去医院了。"说完，苏南溪就躺下来闭目养神。

"别闹！"

"就不去！"

陆春晓当然不会放任她任性，开车到医院，带她做了检查后，陪她在病房里等检查结果。

主治医生来病房告诉他们，怀疑是肾脏出血了，要住院治疗几天。

苏南溪一听就慌神了，她原本还以为只是小小地扭到腰了，就那么便宜地放过许长乐了，现在看来，不行，她得报警了。

而许长乐做梦也没有想到，她会在大庭广众之下被警察带走，说她涉嫌故意伤人，太丢人了。

该死的苏南溪，居然说话不算话。

"你说你和许长乐幼稚不幼稚？不是她伤就是你伤。"苏梓徽听到消息就赶到医院，把苏南溪臭骂了一顿，当然在场的人也只有他有这个资格骂她，别人要是骂了苏南溪，他肯定还不乐意。

Jose 因为自己的宴会被搞砸了，一直闷闷不乐地坐在病房里的沙发上。

周韵脸上带着笑地对苏梓徽说："孩子还躺在病床上呢，她知道错了。"一副慈母的样子。

苏梓徽差点就被她给骗了，要不是因为他清楚她的为人。

陆春晓握着苏南溪没有挂水的手坐在病床旁，也是一阵无奈。

"陆暄，你不是对你哥说我是自己摔倒的吗？"苏南溪突然把矛头指向 Jose。

Jose 站起身看了一眼周韵，然后不好意思地对陆春晓说："对不起啊，我当时没有看清楚，没想到许长乐心肠那么坏。"

装可怜就把关系撇得一干二净。

都是演技派啊。苏南溪懒得再去说什么了。

再后来许易安带着营养品来探望苏南溪，事关她妹妹，他当然是偏向他妹妹的。

"南溪，乐乐年轻不懂事，我骂过她了，她跟我说她只是开玩笑的，她对自己的车技是有分寸的，没有想过会害你受伤。"

周韵当然也不希望许长乐坐牢，帮衬道："是啊，我看那小丫头这回是吃到苦了，下次再也不敢这么嚣张跋扈了。南溪，你们不是朋友吗？你就帮她说说话。"

苏梓徽咳嗽了一声，想要找下自己的存在感，严肃道："我不同意。越是年纪小就越是要管教，既然家长管教不好，就让警察来管教吧。"

苏南溪有些为难地看着陆春晓，陆春晓却给她一个安心的笑容，说："你自己做决定，不用顾虑我。"

苏南溪考虑了一会，对许易安说："仅此一次，这件事大事化小，还有，让她不要出现在我面前了。"

"好，我答应你。"许易安郑重其事地说。

许易安做事也是雷厉风行之辈，苏南溪后来听说他并没有立刻让警察放了许长乐，而是以坐牢为选择逼迫许长乐和他之前相中的妹夫人选之一的男子签下了结婚同意书，许易安安排他们到国外生活。当然这是后话了。

苏南溪在医院里住了小半个月后才出院回家卧床休息，这段期间陆春晓只要不去公司都会陪着苏南溪，苏南溪的朋友们也都闻讯过来探望她，她最感到抱歉的还是宁一了，明明答应好要做她模特的却不得不食言了。

因为医生关照过苏南溪出院后饮食要清淡，很多不该吃的也都列举了出来，油炸的、辣的、低蛋白的等等，不过这些都不是最心痛的，苏南溪在知道自己以后不能吃海鲜后觉得生无可恋了，她最爱的螃蟹啊。

怀揣着这样悲痛欲绝的心情回到家，陆春晓抱着她回了房间，因为医生说她暂时不能上楼梯，防止一个动作不小心就又出血了。

苏南溪觉得自己现在真脆弱，好像一个不小心就能破碎掉，这让她觉得心灰意冷。

当然这些不好的情绪在陆春晓面前她是没有表现出来的，他已经很尽心尽力地照顾她了，她就不给他内心添堵了。

陆春晓让用人每天都去买野生的鱼回来炖汤给苏南溪喝，早晚一杯牛奶一颗鸡蛋是必须的。除了上厕所，她每天都得平躺在床上，看书睡觉玩手机，无聊得要命。

苏梓徽在微信上告诉她他不仅拿到了之前 DNA 的比对结果，还找人调查到周韵收买侦探的证据。

苏南溪回：如果这个 Jose 就是周韵的女儿，但是她又不是陆威的女儿。这个假设如何？比起让周韵承认自己贿赂侦探找了个假女儿回家这件事，她更愿意承认 Jose 不是陆威的孩子这个事实。

苏梓徽：这比你原先的设想好太多了，起码把你自己置身事外了。

周韵是聪明反被聪明误，只能打破牙往肚子里吞，不然就凭她贿赂侦探找了假女儿回家这件事她是怎么解释都解释不清楚的。

苏南溪还想问他最近跟许丛如何了，房间门被推开了，Jose从外面走进来："吃午饭了。"

她在心里给自己捏了一把汗，感谢马化腾公司发明微信这个软件，不然如果方才的事她是用电话跟苏梓徽谈的，肯定就被这个 Jose 听走了。

"谢谢。"苏南溪客气地说。

关掉微信后，她轻轻坐起身，接过托盘，放在被子上，今天的菜依旧很清淡，一碗鸡汤、一份炒青菜、一份炒山药。

“明天能换个菜吗？我想吃红烧肉。”

“哥哥说你要听医嘱，等你好了再吃。”

苏南溪感到无奈，没有食欲。

“我不想吃，你端走吧。”

“那我打电话给哥哥。”Jose 威胁道。

苏南溪噘着嘴：“好了，我吃。”

“好，你吃完我让张妈给你送水果。”

Jose 离开后，苏南溪就接到了陆春晓的电话，如果不是 Jose 刚走，苏南溪真怀疑是她给他通风报信的。

“今天有乖乖吃饭吗？”陆春晓问。

苏南溪喝了口鸡汤：“有啊。”

“没有跟张妈胡闹要吃肯德基？”陆春晓显然有些不相信。

苏南溪终于明白今天为什么是 Jose 给她送饭菜了，原来是陆春晓吩咐的。

“陆春晓，如果我中午乖乖吃饭，你晚上下班回来给我带肯德基吧。”

“你忘记医生说了油炸的不能吃吗？”

“我就吃一口。”苏南溪讨价还价。

陆春晓算了算苏南溪卧床的时间，勉强答应：“好，就这一次啊。”

“耶！陆春晓，我最爱你了。”苏南溪激动得就差跳起来了。

“你小心你的动作幅度不要太大。”

“我知道啦。”

晚上，陆春晓真的路过肯德基帮苏南溪买了两份肯德基吮指原味鸡和一份鸡米花让她过过嘴瘾，不过后来基本上都是他吃的，苏南溪知道他是为自己好，就不闹情绪了。

“我发现你最近都回来得很早，没有应酬吗？”

“我都推掉了，以后我都会早点回来陪你。”

“老公，你真好。”

后来苏南溪在床上躺了一个月后就被准许下床活动了，陆春晓每天傍晚回到家，先陪苏南溪吃饭，然后拉着她去小区旁边的公园里散步，之后苏南溪觉得自己健康了许多。最重要的是，每天等待着陆春晓下班这种感觉很温暖。

如果周韵对于苏南溪来说还有一些优点的话，那就是她让苏南溪的人生中出现了陆春晓这么好的人，她让原本的兄妹变成了夫妻。

就算是为了陆春晓，她都会永远感谢周韵，而她似乎没有以前那么恨周韵了。

爱的确是能够化解恨的，苏南溪知道她得小心了。

第三章

忘不掉的
时光里

那日，苏梓徽在网上看到一段话，颇有感触。

"喜欢一个人为什么非要谈恋爱？可是喜欢一个人怎么甘心只做朋友？"

他对许丛便是这样的感情。

许丛的固执与倔强一度令他想要放弃，他每晚睡觉前都会给许丛发微信道晚安，她可以随便把自己的微信号给一个陌生人，却对他戒备森严、诸多回避，所以给了顾向东一个敲诈他的机会。可是她从来都不会回复他，他对自己说放弃吧，也许她真的不再爱他了。可是第二天清早醒来，他又满血复活了，舍不得放弃，还想再努力努力。

这些情绪他一个人默默消化了许久，不敢对别人说起，他想很多年前许丛面对自己的时候肯定比现在的他还要痛苦。那些年的单恋，她一定流了很多泪。她瘦弱的身体究竟是怎么熬过来的，苏梓徽有些不敢想。

此时，他的车第 N 次停在希尔顿逸林酒店偏门的巷子里，从偏门进去下到楼梯负二楼就是许丛的办公室，再过十分钟，许丛就会从这个偏门走出来回酒店给她安排的员工宿舍。这些天，苏梓徽只要一有空就会来这里堵她，虽然效果并不好。许丛见到他总是一张冷漠脸，从来不见笑容。

不过这一日到底是有些不同的。

许丛和同事一起走出来，在看到苏梓徽下车后，她对同住的姑娘 Ada 说："你先回去吧，我有点事要办。"

Ada 笑得一脸暧昧，一副我就知道的样子，笑说："你终于动心了吗？也对，这种既帅又有钱还钟情的男人这个年头打着灯笼都找不到了，许总监，好好珍惜眼前人哦。"她说这话的时候没有表现出丝毫的嫉妒，但其实她恨死许丛了。

在原来的人力资源部总监 Jimmy 准备离职拖家带口回美国的时候，所有的人都觉得是她会坐上这个位子，但是最后没有想到是许丛这个空降兵，大家都说她来头肯定不小。Ada 故意安排许丛跟她住一间宿舍，就是想要了解她的背景，后来苏梓徽就出现了，她看得出来许丛很喜欢苏梓徽，却故意端着架子不接受。背地里，Ada 和其他同事早就看不惯许丛了，经常聚在一起对她品头论足，骂她贱人。而许丛有次不小心上厕所的时候听到了这些闲话，也看清楚了室友表面一套背后一套的为人。

许丛尴尬地笑了笑，跟她挥手拜拜，然后来到苏梓徽面前，敛去了笑容，一张脸很平静。

"我们谈谈吧。"

"好啊，你饿了吧，我带你去吃饭。"

忙了一整天，许丛的确是饥肠辘辘，也就随了苏梓徽了，却没有想到他带她去了以前常去吃的餐厅。

这家餐厅就在和风大厦的附近，以前她经常在这里点一份咖喱牛肉饭解决午餐。有时候苏梓徽也会跟来，他不喜欢咖喱的味道，可是每次见到许丛吃，他就忍不住地想要尝试，渐渐地，他就喜欢上了这味道。后来，许丛离职后，餐厅大厨也换了人，做的味道大不如从前，苏梓徽就很少来了。

他们到了二楼，坐在落地窗边的位子，可以看到外面的街景，许丛一边喝水一边望着窗外，苏梓徽就静静地看着她，气定神闲，颇有耐心。

路上有提着行李箱的年轻女子，看上去有些狼狈吃力，她的行李箱轮子坏了，许丛想这附近有地铁站，她大概是要往那里去的。那么，她是要离开这座城市还是刚刚来到这座城市就不得而知了。

许丛想到了当初的自己，站在高楼大厦环绕的街道，周边是匆匆路过的行人，那时候她觉得自己又卑微又渺小，而她当时的心愿就是能够在这座城市生活下去。后来没过多久，她就接到了和风给她发的聘任书，总裁秘书助理。那一天，她请宿舍的姐妹们出去大吃了一顿，以庆祝自己人生的新开始，她喝得酩酊大醉，哭得稀里哗啦，她们都不知道，她最开心的就是，她离苏梓徽又近了一步。

这些年，痛着痛着就愈合，再多绝望还是有快乐，没有谁是不可或缺的，生活一直在往前走，那些往事随风飘。时间啊，早已经将每个人都磨得很坚强。

两个人默默吃着自己盘子里的饭，然后，许丛放下了勺子，喝了口白开水，酝酿了下情绪才开口问："你以前不是一直都是单身主义的吗？为什么现在硬要揪着我不放呢？"

"原因很简单啊，因为我忘不掉你，我喜欢你。"苏梓徽回答得很坦然。

许丛漫不经心地问："从什么时候开始的？"

"去年。"苏梓徽如实回答。

许丛不确定地问："你确定不是因为你太寂寞了而产生的错觉吗？以前我在你身边工作的时候，你怎么就没有这种感情呢？"

"我承认我对感情很笨拙，我们那时候那么要好，我没想过有一天你会突然辞职离开，身边还多了一个未婚夫。"而当时他因为生气很快同意了她的辞职申请，没有做任何挽留。

"那你现在要怎么样呢？"

"我想跟你在一起。"

良久，许丛淡定地说："苏梓徽，我想我只能跟你做朋友。"她说这话时有些敷衍，其实她连朋友都不想跟他做。

"为什么？你现在单身一个人，我也是单身一个人，我们怎么就不能在一起了？我不要只做朋友。"苏梓徽有些着急地说。

"你为什么就不想想？我当时已经有了未婚夫，为什么我们最后没有结婚呢？"

"我不用想，你没有结婚我感谢他还来不及，反正我知道一定是他的错。"苏梓徽笃定地说。

下一秒，许丛摇摇头，苦笑。

"从哪里说起呢？从我妈因为抑郁症自杀说起吧，那个人陪我在家料理了妈妈的丧事，我就想也许这就是我的命，我注定了是要跟他在一起的，他愿意陪着我到我的家乡发展，大家都说他将来一定会是个好老公，我也以为我的一辈子就这样了，等我们俩工作都稳定了就准备结婚的事情。那期间，我的一个表姐离婚了。后来我才辗转得知表姐十八岁的时候被查出了红斑狼疮，病好了后，她遇到了姐夫，两个人谈了恋爱顺利结婚，只是她们的宝宝出生后被查出来心脏上有三个洞。宝宝两岁的时候，我表姐红斑狼疮复发了，姐夫怨怪表姐隐瞒了自己的病情，属骗婚行为，说什么都要离婚，他也不要宝宝，因为害怕宝宝以后要花费巨额医药费。我也终于知道了我母亲为什么会有抑郁症，红斑狼疮是外婆那边的家族遗传病，据说传女不传男，生育、感染、过度劳累都会引发红斑狼疮的复发，我母亲担心我难逃厄运，想着想着就觉得是她害了我。我未婚夫权衡再三还是连滚带爬地逃离了我，怕我纠缠他，把我所有的联系方式都给拉黑了。"说到这里，许丛还是能笑出来的。

曾经说着有多爱多离不开，都是虚话，人太渺小了，在生老病死面前，柔弱得就跟一只蚂蚁一样，任人宰割。

苏梓徽安静地听着这一切，咽了咽口水，想要消化掉这件事。

许丛当然能理解苏梓徽此刻内心的复杂，淡然道："我以后就一个人过，生病也好，没生病也好，就一个人，谁也不拖累。"

这个秘密，她本想自己守着一辈子的，如果不是因为苏梓徽对她太过穷追不舍、执迷不悟，她是不会告诉他的，他是她曾经珍爱的人，若是可以，她只想美好地存在他的记忆中，不要有那么多的瑕疵。

苏梓徽依旧是沉默，在许丛看来这是放弃了，而她原本就没有指望过苏梓徽有多伟大，愿意陪着她面对将来那不可知的可怕的未来。

她拿起桌上的账单，准备下楼结账走人。

谁知下一秒手就被苏梓徽的大手紧紧握住了，她怔愣住，皱着眉望着苏梓徽："放开。"

"你现在生病了吗？"他的声音有些哽咽。

苏梓徽掌心的温度似乎传到了她的心里，她听到她用微弱的声音回："还没有。"

"我不在乎你的家族遗传病，如果你真的生病了，我会陪你一起面对，我会赚很多钱，你不会成为我的累赘。"苏梓徽眼神灼灼地说。

许丛分辨不清这些话是不是出自他的真心，她听过类似的话，后来说这话的人后悔了就跑了。

苏梓徽迫切追问："所以你现在的顾虑是什么？不能和我在一起的顾虑是什么？"

"如果我真的跟你在一起了，我没有办法给你生个孩子。"许丛觉得自己的心被针一针一针地刺着。

是的，孩子，这是她心里的痛。别的女人可以很轻易做到的事情，她不行。因为生育会诱发她体内隐藏的疾病，而且她也害怕她会像表姐那样生下一个不健康的孩子，没有办法为宝宝的未来做主。

"那就不生啊，我只要你。"苏梓徽近乎祈求地说。

许丛想要挣开他的手，苏梓徽就用更大的力气抓着她的手，两个人僵持了很久，最后许丛崩溃地哭了。

她终究还是没有守住心中的最后一道防线，被他动摇了。她想，就算这是个温柔陷阱，她也是愿意钻进去的，因为即便苏梓徽在给了她这么大希望最后还是抛下了她，她也对此刻的心软无怨无悔，到那时就当她被爱又杀死了一次吧。反正她的心已经被现实伤得千疮百孔了。

苏梓徽把她拉入自己的怀抱中，握紧了拳头。

许丛哭得没有力气后，苏梓徽带她去卫生间洗了洗脸，然后驾车把她带到了自己的西园公寓，想让彼此都冷静冷静。

苏梓徽在开放的厨房里煮茶，许丛有些局促地坐在沙发上，尽管现在是大夏天，但是她的手却很冷。

许丛爱喝柠檬茶，苏梓徽的冰箱里一直有用蜂蜜腌着柠檬的习惯，所以等水煮开了后，就给许丛泡了一杯给她送过去。

许丛接过玻璃杯，说了声："谢谢。"

"我之前去你宿舍看过了，那里的环境不好，你以后就住在这里吧，离你上班的地方也不算太远。"苏梓徽提议。

"不行。"

"我没有逼你的意思，只是希望尽我所能给你一个好的居住环境。"苏梓徽说得深情款款。

许丛忘记了拒绝，听从了苏梓徽的安排，住进了苏南溪之前的房间。

他们这算在一起了吗？其实并没有。因为许丛并不以苏梓徽的女朋友自居，她大概也是在给苏梓徽留下后路吧。毕竟，在她心里，她始终觉得他应该要有更好的选择。

嗯，他们就像亲人在相处着。

在许丛心里，陪伴或许才是最好的相爱方式。

"你们又在一起啦？"趁着苏梓徽和陆春晓在厨房忙着，苏南溪悄悄地问许丛。

许丛一脸淡定地回："什么叫我们又在一起啦？我们从来没有在一起过。"

"可你们同居了啊。"苏南溪气势逼人，非要问出个所以然出来。

昨天，要不是听顾向东说苏梓徽家里可能藏了个女人，她才不会拉着陆春晓大周末的来"捉奸"。也许是最近张嘉义、贺培安、苏梓徽这些平日里和顾向东玩在一起的人忽略了他，他才会变得敏感多疑。顾向东对苏南溪分析了一堆苏梓徽最近很反常的举动，比如他周末不跟他们出去玩了，打电话给他他也不接了，也不准他们随便去他家玩等等。所以，结论只有一个，那就是苏梓徽在家里藏女人了。

苏南溪起初是半信半疑的，直到在家里看到许丛后就尴尬不已了。

"我只是借住在这里。"许丛说得脸不红气不喘。

"哦，明白。"苏南溪忍着笑，往厨房走去，她觉得苏梓徽太不够意思了，居然还瞒着她。

"你怎么回事啊？我对你很失望啊。"

苏梓徽放下手中切菜的刀："我这革命还没成功呢，不能骄傲，要低调低调。"许丛的秘密，他是不会对苏家任何人说的。就算苏南溪在心里再怎么把许丛当朋友，她也一定不会同意他跟这样的许丛在一起的，她都如此了，就更别提家中老人们了。

"加油哦。"苏南溪鼓励道。

"你最近身体怎么样了？听说你前几天发烧了。"

"受凉了。"那几日天气闷热，苏南溪将空调温度打得很低，连吹了几天就头昏眼花了。

陆春晓在一旁无奈："你还好意思说，我原本已经把你养得白白胖胖的了，一生病又瘦了。"

"我本来就是不容易胖的体质啊。"苏南溪狡辩，不可否认，连续那些天的鱼汤、鸡汤不间断地补，她气色红润得都不用化妆了。

苏梓徽拍了拍陆春晓的肩膀，说："再接再厉啊。"

等苏南溪端着一盘草莓回客厅，陆春晓悄悄对苏梓徽说："下个月八号，叔叔来我们家吃饭啊。"

"有什么喜事吗？"

"我妹妹生日，本来是家宴，但是我也想在那一天一起庆祝南溪的生日。"

"南溪的生日？"苏梓徽若有所思地重复了一遍。

陆春晓解释，他在跟苏南溪交往不久的一次聊天中得知苏南溪是不过生日的。

他问她为什么，苏南溪只说记不得生日是哪一天了，只知道是出生在十月。

"以后就当十月八号就是南溪的生日了。"陆春晓说。

苏梓徽做明白状，原来陆喧出生在十月八号。

陆春晓算是凑巧做了一件正确的事情，其实苏南溪的生日本就是十月八号。

当时她年纪小，记不清具体日期，苏平嘉更是不知道，然后他们就稀里糊涂地把十月一号当作苏南溪的出生日期，后来苏平嘉工作太忙，苏南溪有好几次都没有等到他回家给她过生日，久而久之就没有过生日的习惯了。

"保密哦，我想给她一个惊喜。"陆春晓神秘兮兮地叮嘱。

苏梓徽点头答应，突然想起什么，说："你跟你岳父说好没？"

"我最近准备联系他。"

"他还没有跟你爸妈见过，择日不如撞日，就定在十月八号吧。"

"好。"

四个人用了午餐后，许丛和苏南溪窝在沙发上晒太阳，苏梓徽拉着陆春晓去书房谈工作，苏梓徽最近动静很大，有意拉着陆春晓一起合作。两个人在书房里说了很久的话，久到苏南溪以为他们要留下来吃晚饭的时候，书房门打开了，两人皆是笑容满面地走出来。

"你再不出来，我可要一个人回家了。"苏南溪抱怨道。

陆春晓连忙过去安慰："不好意思，一时忘了时间。"

苏梓徽望了望窗外阴沉沉的天空："要下雨了，你们今天就睡隔壁公寓吧。"苏南溪和陆春晓在苏梓徽家隔壁同居过一段时间，那里每个星期苏梓徽都会让钟点工打扫。

苏梓徽话刚说完，天边就落下一个闪电，过了几秒钟，雷声轰隆，夏季的暴雨如约而至。

这场大雨像是蓄势已久，倾盆而下，伴随着骇人的雷声，苏南溪重新躺在沙发上，心情大好："正好可以不用走了。"从西园到陆家那是要开两小时车的，陆春晓会很累的。

陆春晓给家里打了电话，跟周韵说他和苏南溪今晚睡在苏梓徽家不回去了。周韵当时和Jose正被大雨困在了商场等司机带伞来接他们，陆春晓让她们注意安全后便挂了电话。

晚上看新闻后才知道这场雨到底有多大，气象台发布了暴雨红色预警，不到一小时，南城就有多处地段淹到了腰部，地铁停运，交通受阻，车辆寸步难行。

"叔，你今天真是太机智了，承蒙你好心收留我们小夫妻，不然我们今天就被困雨中了，大恩大德没齿难忘啊。"苏南溪说得慷慨激昂，抑扬顿挫。

苏梓徽上去给她一个爆栗："少拍我马屁。"

"痛。"苏南溪两眼泪汪汪地看向陆春晓，陆春晓给她揉了揉额头。

许丛笑着起身收拾碗筷，苏南溪自是识趣的人："我和春晓洗碗，你们歇着吧。"

"就让他们洗吧，晚饭是你做的，也很累的。"苏梓徽接过她手里的碗递给苏南溪这个白吃白喝的人，然后拉着苏梓徽去客厅玩了。

"我叔叔再也不是我一个人的了。"苏南溪望着苏梓徽顾长的背影，摇头叹气。

"我是你一个人的。"陆春晓笑说。

苏南溪摸了摸陆春晓的脸，亲了亲："乖！"

后来陆春晓疼老婆，包揽了洗碗的活，让她去客厅陪苏梓徽和许丛玩。

"你们平时晚上有什么娱乐活动？"苏南溪好奇地问。

"没有。"许丛摇头。

"不无聊吗？"苏南溪再问。

"不啊。"许丛再次摇头。

苏梓徽回想了一下，平日里下班回来，他做晚饭，她去洗澡洗衣服，然后两人一起吃晚餐，她去洗碗，苏梓徽去洗澡，接着可能会在客厅里看部电影，或者听听音乐，到时间了就互道晚安各回各的房间睡觉。到了周末，他们会一起去超市逛逛，一起去公园走走，其他时间都是互不干涉的。

无聊吗？似乎真的不。这大概就是应了那句话：只要和喜欢的人在一起，即便不做任何事，都会觉得时光很美好。

似乎生活本该如此，越简单越幸福。

十点多的时候，外面雨势变小，变成淅淅沥沥的小雨。

苏南溪和陆春晓回到许久不住的公寓，这间公寓原本是苏梓徽用来招待他那些好友玩时住的，后来就被苏南溪霸占了，在这里她和陆春晓度过了一段非常纯粹的生活，他们至今都很怀念那段时光。苏梓徽在她结婚时已经把这套房子转到她名下作为她的结婚礼物了。

最近一段时间，因为她总是生病，所以陆春晓很少碰她。而今天两个人洗完澡到床上，陆春晓就把苏南溪搂到了怀里，亲吻她的脖子，气息变得滚热，他灼热的掌心游离在她的身上，每到一处都似点燃了熊熊烈火。

后来，两个人便一发不可收拾地融为了一体。

第二天醒来，苏南溪本来还挺激动的，想说没戴套会不会怀上这个问题，后来被陆春晓一句话浇灭了所有的热情。

"安全期怀毛？"陆春晓嘟囔了这一句又沉沉睡去。

苏南溪差点气哭。

两个人结婚，生孩子本该是顺其自然的事，但是她不懂，陆春晓怎么就那么排斥宝宝？

本来还想窝在陆春晓身边再睡会的，现在不想了，苏南溪下床换衣服，洗漱好后到隔壁吃早餐去了，她今天都不想看到陆春晓。

苏梓徽一看到苏南溪摆着一张臭脸，调侃道："哎呦喂……这欲求不满的小样。"

"滚！"苏南溪自带循环音效，还好这里隔音好，不然楼下该投诉扰民了。

她和陆春晓因为生不生孩子的事情这都已经是第二次闹不

愉快了。

苏南溪抱怨一通后，苦大仇深地问："你们说，他到底爱不爱我啊？"

"你选择嫁的人，你难道感觉不出来他爱不爱你？"苏梓徽反问。

苏南溪当然选择点头，爱的吧，不然怎么就娶她了。

"你还年轻，不着急啊。"苏梓徽安慰道。

趁着许丛吃完早饭回房间之际，苏南溪小声问："你年纪不小了，打算啥时候修成正果，给奶奶抱孙子啊。"

苏梓徽微微吃惊，警告道："你这话可别被许丛听到了。"他很怕说者无心听者伤心。

"我知道，我又不傻。"

"你奶奶有你这个孙女已经够令她头疼了。"苏梓徽没好气地说。

她当然清楚苏梓徽说的这话做不得真。

傅佩芳不知道多喜欢她了，至少她目前是她唯一的孙女。

陆春晓再睁眼，身边的床已经空空如也，微微叹了口气，下床拉开了窗帘，外面的阳光很刺眼，昨天的那场大暴雨看来是没有后续了。

陆春晓换了衣服，洗漱好后，就到隔壁找老婆。刚进门，就听到苏南溪在大声嚷嚷着，追着苏梓徽打，嘴里骂他奸商。

许丛抿嘴笑，看着他们在房子里闹腾。

陆春晓走过去，有些好奇："我错过了什么好玩的事？"

许丛敛去笑容，把平板电脑递给陆春晓看。

八卦帖子讲的是一个粉丝去横店探班男神却意外碰到了喜欢的大叔男神，偷偷拍了几张照片放到网上给大家看，没想到帖子就红了，回复的人很多，大家都在追问这个大叔男神到底是谁，帖子作者说听片场的人说大叔以前是模特，混迹国际 T 台的，国人觉得脸生是很正常的。作者还说，大叔 NG 很多，但是大叔演戏超级认真，休息的时候也很萌，对人很热情。

后来这几张照片被人转到微博上去了，于是微博热搜"大叔男神"热度仅仅低于昨日的"南城暴雨"。

"你居然出卖我爸的美色来为你的电视剧炒作。"

"这部电视剧还是你当初推荐给我的，你也希望它越红越好吧。"苏梓徽说。

"赚钱的又不是我。"

"你忘了吗？电视剧要是红了，赚钱的还有你老公呢。"

苏南溪哑口无言。

这部剧是由陆春晓他旗下的出版社出版的一部小说改编来的，改编策划案还是她亲自写的，请的演员都是影视圈的演技派大腕儿，当时她刚回国，对这方面一点都不了解，查了很多资料，问了很多人，着实费了一番功夫。而苏梓徽和陆春晓作为共同投资人，都砸了不少钱进去，就为了做个精品出来。

"可我爸不想红啊，起码不想在国内红。"

苏梓徽吐槽："不想红的演员都不是好演员。"

"他本来就不是演员，他是时尚圈的。"其实苏平嘉在欧洲时尚圈还是挺红的，不老的神话不是白白得名的。

苏南溪有些累了，坐在沙发上，苏梓徽还是躲得远远的。

陆春晓劝说："其实这对爸来说并不是什么坏事啊，人红了就会有很多机会。张爱玲不是还说成名要趁早吗？你爸都晚了多少年了。"

苏南溪还是很了解苏梓徽的，他肯定还有更多的爆料抓在手里，比如苏平嘉的身份背景，这无疑会令他得到更多人的关注。

"等你爸拍完这部电视剧，我还给他报了真人秀节目。"苏梓徽随手拿了一个苹果，悠闲自在地啃了起来。

苏南溪扶额："你是不想让他回到马德里了是吗？"

"马德里以后就剩他一个人了，还回什么？我们中国人讲究的是落叶归根。"

苏南溪承认苏梓徽说的是对的，可是她还是想骂他奸商，就为了过过嘴瘾。

"等到你爸在国内变得炙手可热后，我再给你们找个后妈。"苏梓徽坏笑道。

陆春晓是没意见，苏南溪眼睛瞪得老大，拿起靠垫就朝苏梓徽扔过去："快闭上你的乌鸦嘴，我才不要后妈。"

"侄女，你这就太自私了。你有老公了，你还不准你老爸有个老婆啊，这也太霸道了。陆春晓，管管你老婆。"苏梓徽一副唯恐天下不乱的样子。

陆春晓笑笑，摊手："这事我可没有发言权。"

之后的几天，苏南溪一有时间就上网关注这件事的最新动态，果然苏平嘉凭借着自己美色圈了不少粉，粉丝们都给他成立了后援会了。

苏南溪给孟玖打电话，他倒是喜闻乐见，当然苏平嘉最近在赶杀青戏，为了不让他分心，孟玖选择隐瞒这件事，等杀青后再告诉他。

时间一晃眼至十月八号，庆祝完国庆节就要庆祝陆暄的生日了。

苏南溪和陆春晓是昨天晚上才到家的，国庆节外面人山人海的，他俩图清净躲山里呼吸新鲜空气去了。

周韵特地起了一个大早，给家人准备了温馨的早餐。

对于陆春晓要借着今天给妹妹过生日的机会顺便给自己老婆也过个生日的想法，周韵起初是不赞成的，但是扛不住陆春晓的软磨硬泡，加之陆威发话，也就欣然同意了。

早餐做好后，一家人下楼，周韵看到 Jose 眉开眼笑，上前就给了她一个大大的拥抱，吻了吻她的脸颊，她宠溺地喊她宝贝。苏南溪脸上带着笑，冷眼看着这一幕，觉得真讽刺，心里闷得很。

一旁的陆春晓伸手把苏南溪搂到怀里，耳鬓厮磨，轻语："你也是我的宝贝。"

苏南溪的眼睛都亮了，她轻轻推开了陆春晓，有些羞涩，幸好大家的注意力都在 Jose 身上，不然苏南溪会尴尬死的。

Jose 抱了家里的每一个人，她就像一个善良的天使，不吝给予周围的人温暖。

苏南溪有时候会想，或许这个姑娘真的什么都不知情，她只是被周韵利用了，真的误以为自己就是这个家的孩子。

　　陆春晓推了推苏南溪："吃早饭了，你想什么呢？"

　　苏南溪回过神来，说了一声："没什么。"然后随着陆春晓一起入座，陆春晓给她倒了一杯牛奶，把煮鸡蛋给她剥好放在盘子里，还帮她把土司抹上了番茄酱，服务周到到苏南溪都讶异了，怀疑他今天是不是吃错药了。

　　Jose看着羡慕，对周韵说："妈，我以后也要找个像哥哥这样对嫂子好的老公。"

　　"会的，我们暄暄这么惹人喜欢。"周韵脸上微笑着，心里却很不是滋味。即便是自己的亲生女儿，她看她真的是各种不爽快。

　　苏南溪假装自己什么都没听到，让自己沉沦在陆春晓的柔情中。

　　用过早餐后，一家人在院子里闲聊，陆春晓跟陆威下象棋。

　　苏南溪小时候玩过，当时还是陆春晓手把手教会她玩的，很多年没碰，早已经记不得规则了。但见两人杀得正起劲，围观的人也觉得精彩。

　　突然，陆春晓略显得意地说："将……军。"

　　陆威睁大了眼睛又看了看棋局，一脸不可置信，随即笑了："不错，不错。"

　　陆春晓开始收拾棋局，把棋子摆回原位，陆威问苏南溪："你会下象棋吗？"

苏南溪摇摇头："不会。"

"是了，你大概只玩西洋棋。"陆威又说，然后大笑，"南溪啊，早点把我们中国的国粹学会了，这样一家人就能凑一桌了。"

苏南溪笑笑："好。"

陆威喊来Jose："暄暄，小时候爸爸教给你的下棋技术，不知道你忘了没？"

Jose一脸懵懂："爸，我不记得了。"

陆威都快忘记她失忆这件事了，遗憾地对陆春晓说："看来只能我们俩杀来杀去了。"

"爸，你输了就没耐性了。"陆春晓一副我了解你的样子。

"小子，你就不会让着我点啊。"

"我也不喜欢输的感觉。"陆春晓一本正经道。

陆威哈哈大笑："臭小子。"

陆春晓和陆威第二局杀结束时，苏梓徽开车来了，苏南溪定睛一看，副驾驶座上下来的不正是苏平嘉吗。她有些欣喜若狂，小跑着过去抱住了苏平嘉。

"我好想你。"

因为苏平嘉从来没有学过演戏，在片场不得不刻苦认真起来，不拍戏的时候也守在片场看别人是怎么表演的，所以他自从进组后就没出来过。而南城到横店又是路途遥远的，苏南溪因着身体原因也没顾得上去探班。

陆威和陆春晓都起身出来迎接客人。

苏平嘉是认得陆威的，但这是他第一次与他相见。

苏南溪对陆威介绍："爸，这是我爸爸苏平嘉。"

"你好，亲家，一直都想着和你碰面呢。"陆威客气道。

苏平嘉和他握了握手，笑了："幸会幸会！南溪给你们添麻烦了，我知道这丫头不太省事。"

陆威连忙摆手："亲家说笑了，南溪很乖巧的，况且我们一直都拿她当女儿看的，就算添了麻烦也没什么不可。"

"谢谢。"

陆春晓规规矩矩地喊了一声："爸爸。"

苏平嘉"嗯"了一声，满意地笑着。

Jose走过来甜甜地喊他们叔叔，苏平嘉打量她一秒，面不改色地说："今天就是你过生日吧，生日快乐啊！"

"谢谢叔叔。"Jose眼睛都笑弯了。

陆威把苏平嘉和苏梓徽请到屋内，用人们送上来茶水，此时，周韵也听到有客人来了，忙出来看，在见到苏平嘉的时候，脸上的笑容僵硬住了，一颗心沉了下来。

陆威对苏平嘉说："这是内子周韵。"

"你好。"苏平嘉不动声色地说。

周韵愣了愣，回过神来："你好。"然后心神不定地匆匆回了厨房。

客厅里，陆春晓和陆威陪着苏平嘉说话，苏南溪拉着苏梓徽到外面说话。

"今天你们怎么会突然来？"

"自然是有人请我们来的，不然我们还能不请自来啊。"

"谁啊？"

"你老公。"

"搞什么啊？"苏南溪感觉好像会有什么事发生，去问陆春晓，他回暂时保密。

中午，周韵准备得很简单，一些小菜和长寿面，南城人过生日中午都这样吃，陆威本觉得这太简单了，怕怠慢了苏家兄弟，但见他们吃得也挺开心的就放心了。

陆威起了雅兴："不如我们下午去钓鱼吧，附近的湖里我年前放了不少鱼苗，现在都该长大了。"

苏梓徽是爱钓鱼的人，以前也没少跟朋友们去钓鱼，听到陆威这样说，自是欢喜："好啊，好啊。"

"亲家喜欢钓鱼吗？"陆威又问苏平嘉。

苏平嘉脸上聚着笑："很久没钓了，不知道还有没有那份耐心了。"

"那就这样说好了。春晓去吗？"

"我就不去了，我陪南溪。"

Jose插话："哥哥，我鸡皮疙瘩都起来了，你们真肉麻。"

苏南溪回："我们是新婚夫妻啊。"

吃完饭，陆威就迫不及待地带着苏梓徽去仓库里拿鱼竿，苏平嘉去厨房调鱼食，周韵进来支走了用人。

"你胆子也太大了，你怎么可以来我家？"周韵满脸愠怒，却只能压低了声音质问。

苏平嘉倒是坦然："我没有立场拒绝我女婿的请求，今天是我女儿的生日，这还是第一次我给她过生日。"说出这话的时候，苏平嘉感到心痛，他不知道周韵的内心会不会有些触动，毕竟她为假女儿忙得不亦乐乎的时候，她的亲生女儿一辈子背负着私生子的名头。

"我不管你说什么，你快点回马德里吧。"周韵胡搅蛮缠道。

苏平嘉苦涩地笑了，不再理会她，继续调鱼食。

整个下午，周韵的眼皮一直在跳，许久不发的偏头痛也发作了，陆春晓扶着她回房间，给她喂了药。

Jose 担心地问："要不要去医院啊？"

周韵有气无力地摇摇头："没事，我休息会就好了。"

苏南溪说："让妈休息吧，我们出去了。"然后挽着陆春晓的手臂，拉着他出去。

她分辨不清楚，周韵是真病了，还是装病不想面对苏平嘉。

到了楼下，就看到张妈手中拿了一份快递进来。

陆春晓随口问："是谁的快递？"

"先生的，等先生回来了我再给他。"

"给我吧。"陆春晓说。

张妈递给了陆春晓，就去厨房做事去了。

陆春晓看了看快递单，快递是从马德里发来的，而寄快递的人陆春晓也是认识的。他们已经没有再有过联系了，他有些狐疑，不知道要不要拆开来看，还是等他爸回来了再说。

苏南溪看陆春晓心思沉重的表情，问："怎么了？"

陆春晓笑，"没事，我去把快递放到我爸书房。"

近黄昏的时候，陆威他们回来了，几乎是满载而归，夕阳西下，晚霞染红了近半个天。经过这几个小时的相处，三个男人似乎又熟稔亲切了许多。

晚饭很丰盛，陆威开了好酒，苏梓徽要开车婉拒了，然后就是苏平嘉和陆春晓逃不掉了。

周韵因为头疼，一直安静在旁。吃到差不多的时候，陆春晓去推来了一个大蛋糕，上面插满了蜡烛，家里的灯都被关了，只留烛光。

Jose 笑着起身，然后拉着苏南溪的手离开坐席，苏南溪有些震惊，拉她干吗？

在陆春晓为她戴上生日帽时，她仿佛明白了些什么，再看看蛋糕上是她和陆暄两个人的名字。

"祝南溪和陆暄生日快乐。"陆威兴高采烈地宣布，开了一个礼花筒增加气氛。

陆春晓旁若无人地从身后抱住了她，亲昵地对着她耳朵说："你说你不过生日是因为记不得自己的生日了，那么就让今天成为你的生日，往后的每年，我们大家都聚在一起陪你和暄暄过生日。"

"好。"原来这就是陆春晓给她准备的惊喜啊，苏南溪很喜欢呢，因为陆暄和苏南溪是同一个人啊，这个蛋糕是只属于自己的，跟 Jose 半毛钱关系都没有。她贪心地想。

Jose 在一旁说："嫂子跟我一起许愿吧。"

陆春晓松开苏南溪，放她跟 Jose 一起许愿吹蜡烛，然后室内的灯再次耀眼地照亮了每一个人。

苏南溪的眼角还残留着眼泪，陆春晓温柔地替她拭去："傻瓜，这就感动了啊。"说完便从身后拿出一只黑色的方形锦盒，苏南溪接过，一脸期待地问："什么啊？"

"回房间再打开。"说完，又拿出另一只黑色锦盒送给Jose，"妹妹，生日快乐！"

Jose嘟着嘴，故意说："我还以为哥哥没有给我准备礼物呢。"

"我可是你的小哥哥啊，你们都是我在这个世界上最爱的人。"陆春晓煽情地说着。

除了陆春晓，其他人也都准备了两份礼物，一份给了Jose，一份给了苏南溪。

吃完晚饭后，大家还一起去院子里放烟火。

陆家的庭院两侧有两排高大的桂花树，此刻树上都被挂上了彩灯，一闪一闪的，特别美好。

苏梓徽和苏平嘉离开后，陆春晓就和苏南溪回房间去了，苏南溪最先打开了陆春晓送给她的礼物，入眼的是一条镶满红宝石的流苏项链。

"这是……"苏南溪有些不敢相信自己的眼睛，上个世纪八十年代，苏富比拍卖行拍卖了公爵夫人的二百五十件遗物，这件公爵夫人最喜欢的首饰也在其中，没想到几十年后，这条项链最后会辗转到自己的手中。

"My Wallis from her David 19/6/36."

苏南溪已不知要说些什么话才能形容自己内心的触动。

陆春晓拿出项链，帮她戴上，然后扶着她的肩膀站到落地镜前，苏南溪今天穿着一条白色缎面无袖裙，配上这条红宝石项链，更显高贵优雅。

"我觉得可能我四十岁的时候戴这条项链会更端庄。"毕竟这款项链是公爵夫人四十岁生日时，公爵送她的礼物，宝石虽然耀眼，但是在设计上有些显沉重烦琐。

"红宝石象征着爱情的永恒，那日你问我会不会像David爱Wallis一样爱你，我说会，真的不是敷衍你。"

"我相信你。"苏南溪伸手圈住陆春晓的脖子，双眼迷离地盯着他，然后献上自己的吻。

就在陆春晓热情回应着苏南溪的时候，楼下发出一声玻璃碎地的声音，陆春晓和苏南溪双双怔住，停下了动作，紧接着又是一阵比刚才更响亮的玻璃碎地的声音。

"发生什么事了？"苏南溪有些不确定地问，直觉告诉她这不是一般的不小心碰碎杯子的声音。

陆春晓没有说话，直接冲出了房间，苏南溪跟在他身后下楼。

到达客厅，满室的葡萄酒香。

陆威居然用椅子把酒柜给砸了。苏南溪待在了原地，不敢再上前。

此时的陆威就像是森林里满身暴戾的王，他的身上散发着阴森森的恐怖气息。周韵从未见过如此的陆威，她甚至都不敢上前跟他说话，Jose站在她的身后，瑟瑟发抖。

"你过来？"陆威开口。

"谁？"Jose 不确定地问，"我吗？"

"对，就是你。"

"爸，你怎么了？你不要这么吓人。"Jose 小心翼翼地上前，被陆威一把握住了手臂，陆威仿佛用上了全部的力气，Jose 觉得自己的手臂都快被捏断了，她着急喊："爸爸，我疼。"

这一声"爸爸"更是令陆威全身的血液都沸腾了，直接冲上了脑门。

他的双眼发红，怒吼道："谁是你爸爸？你爸爸到底是谁？"他说完就把 Jose 甩在了地上。

Jose 正好摔在了玻璃碴上，痛得惊呼。

"暄暄。"陆春晓上前扶起她，一阵心疼，然后冲着陆威吼："爸，你发什么疯？"

下一秒陆威却哭了。

"周韵，周韵，你好样的，你怎么敢？"陆威气得心脏一抽一抽地疼。

周韵觉得自己周身的血液瞬间都冷了，她知道陆威一定是知道了什么，是苏平嘉说的吗？说了什么？她越想越觉得骇人。

见周韵沉默，陆威流着泪对陆春晓说："儿子，你知道吗？这个陆暄根本就不是我的女儿，她是周韵和别的野男人生的孩子。周韵她就是个骗子，她骗我怀孕，骗我娶她进门。这个贱女人。"

陆威话一出口，在场的人都是一脸错愕。

周韵再也顾不得什么，直接上前抓住了陆威的手，目光狰狰地说："你有什么证据说我骗你？这么多年你一直都在出轨，你有什么资格说我骗你？"

"要证据是吗？"陆威冷笑，然后将桌上的一叠纸直接甩在了周韵的脸上，啪的一声然后散在了地上。周韵一张张捡起来，都看了一遍。

陆威继续数落："你有胆子收买侦探，让他在我和陆暄的DNA上做手脚，就该知道会有什么后果。"

侦探的亲笔信上写着周韵如何用金钱利诱他为她作假，自己办完事后又是怎么夜不能寐，受着良心的谴责，从而决定说出真相。陆暄是周韵的亲生女儿，但却不是陆威的孩子，她与陆威一点血缘关系都没有。这些资料里还有陆暄跟周韵的DNA比对，以及陆暄跟陆威的DNA比对。

周韵忍不住冷笑了几声，跌坐在地上，也顾不上地上有没有碎玻璃，反正肉体上再怎么疼也感觉不到了。

哪有心里疼啊？

苏平嘉终究还是破坏掉了自己的幸福。

而她现在又能说什么呢？说该死的侦探被另一个人收买了？这是陷害，是栽赃。说这个陆暄不是真的陆暄是她找来冒充陆暄的？陆威只要问一句为什么要找人冒充就能把她给堵死。

为什么？因为苏南溪就是陆暄啊，她身体里的DNA就是周韵当年为了嫁进陆家骗陆威的证据。

这些话，她能说出口吗？不能。

Jose抢在陆春晓之前拿到了周韵手中的那几张纸，终于明白周韵是被人摆了一道。

如果她的记忆没有出错，她的母亲是得白血病死的，然后她被她爸爸送到了福利院，跟周韵八竿子打不到一块去，而她的 DNA 怎么可能与周韵对上，想必这份报告拿的样本是周韵和她真正的女儿的吧。她猜测。

怎么办？这件事似乎只有周韵自己才能做主。可是她真的好想帮她说话，不为她给自己的钱，就为她这几个月对自己无微不至的好。

"我不是……"她的话并未说完整，因为周韵握住了她的手，她用眼神告诉她，什么都不要说。

Jose 扶起了周韵。

周韵的裙摆上出现了血渍，她鼓起了最大的勇气直视陆威。

"是，陆暄的确不是你女儿。她还很小的时候，你就怀疑她不是你的女儿，因为你觉得她跟你长得不像，我很怕你知道真相，就把陆暄丢在了马德里，然后她被福利院收养。所有的一切都是我做的。什么走丢什么伤心难过都是假的。最不想看到陆暄的人就是我。"

苏南溪听不下去了，她再也听不下去了。

她看到陆威用酒瓶砸了周韵的头，看到周韵痛苦地倒地，陆威对她拳脚相向。他像一头发了疯的狮子，用尽所有的力气发泄怒火，场面已经完全失控。陆春晓好不容易拖住了陆威，让 Jose 把周韵带去医院处理伤口，她的额头一直在流血。

"爸，你冷静点。"陆春晓大吼。

而一边的周韵在 Jose 的搀扶下站在苏南溪的面前停留了片刻，她的眼睛充满怒火，在熊熊燃烧。陆威挣脱开陆春晓就要追上周韵继续打她，被陆春晓拦腰困住，陆春晓对躲在厨房的张妈喊："叫王医生来家里。"

陆威的全身力气都用尽后，才镇定下来。陆春晓把他拉到沙发上，让司机看着他。自己则是把僵在一旁受到惊吓的苏南溪带上楼了。

苏南溪觉得自己的心都在发麻颤抖，大概是陆春晓怕自己再看到陆威难堪的一幕，就让她先回房间了，他匆匆吻了吻她的额头，替她关上房门之后，苏南溪的膝盖就软了，她跪在了地上，手中揣着的手机静悄悄的。

"苏梓徽，家里都乱套了。"苏南溪哽咽着哭出声来，她很害怕，牙齿都在哆嗦，好冷啊。

"稍等。"苏梓徽的声音平静中透着冷漠，大概是怕身边的人听出什么，他把车停在一边，然后下车说话。

"你给我镇定点。"苏梓徽的声音里透着威严。

苏南溪的眼泪根本就止不住，她心里乱如麻。

"不，我……不行。"她断断续续地说着，"周韵她流血了，被陆威打的。"

她始终都无法忘记周韵在那一刻望着她的眼神，怨恨、狠毒，充满血腥，好像要把自己活活生吞了。

"你心软了吗？"苏梓徽冷冷地问。

"不，不是，我不是心软，我只是很久都没有见过这么暴力血腥的场面，陆威砸了很多东西，春晓的手都被碎玻璃碴割伤了。"

"听着南溪，我现在就去接你。"

"嗯。"以她目前的情绪来看，她似乎不能待在陆春晓身边，因为一定会露出破绽的。

挂了电话后，苏南溪哭着走出房门，她贴着二楼的楼梯坐下来，想听听楼下的动静。

陆威在哭，一个六十岁的男人在哭。

"我想念你妈。"陆威对陆春晓说，"你妈多好的人啊，怎么就离开得那么早呢？"

陆春晓正专心给他处理伤口，并未接话。

苏梓徽把苏平嘉送回苏家老宅后就返回来接苏南溪，他把车子停在了陆家的别墅外，然后打电话给苏南溪，让她出来。

苏南溪擦了擦眼泪，扶着栏杆下楼，她觉得自己全身的每一个细胞都在叫嚣。

陆春晓看到苏南溪脸色不好："怎么了？"

"我好像发烧了。"

陆春晓伸手去摸苏南溪的额头，果然很烫，他看了看客厅情绪崩溃的陆威，有些为难地看着苏南溪："怎么办？我现在没法送你去医院。"

苏南溪握住他的手："我让我叔叔来带我走，他已经在外面等我了。没事的，你好好陪着爸。"

"那过两天我去接你。"

"好。"

陆春晓把苏南溪扶到外面，把她送上车，对苏梓徽说："对不起，叔叔，南溪就麻烦你照顾两天了。等家里的事处理好了，我就去接她。"

"行，你放心吧。"

等车子离开后，陆春晓才往回走。

苏南溪一直望着他，以及他孤单的身影，心里隐隐疼着。

"你脸色很差。"

"突然发烧了。"

"我带你去医院。"

"我不想去，只想有张床好好睡一觉。"苏南溪觉得自己好累。

苏梓徽停车，帮她放平座位，让她躺着，她喊冷，苏梓徽就把自己的西装给她盖上。

车子开到西园的时候已经差不多凌晨两点，苏梓徽想要叫醒苏南溪，无奈她只嗯嗯答应着，却始终没有睁眼，苏梓徽只得把她抱出来坐电梯上楼。到家的时候，苏梓徽刚把灯开了，许丛就从房间里跑出来了："我打你电话你怎么没接啊？"她的语气中带着鲜有的烦躁。

"你怎么还没睡？"苏梓徽皱眉。

在看到南溪好像很不舒服的样子，许丛顾不上他的转移话题，担忧地问："她怎么了？"

"发烧了。"苏梓徽边走边说。

"送到我房间吧，我来照顾她。"

苏梓徽没有听，抱着苏南溪径自到自己的房间了，给苏南溪盖好被子后对许丛说："很晚了，你快点睡吧，明天还要上班。"

"是不是出了什么事？"许丛越发觉得不对劲。

苏梓徽随口敷衍："陆家发生了点事，有点复杂，以后再解释给你听。"

"哦，好。"许丛生硬地应着，"我去找点药给南溪吃。"

苏梓徽跟着许丛一起出去，一把拽着许丛，严肃道："你不能熬夜，快点睡觉，南溪我会照顾她。"

"可是……"许丛犹豫着。

苏梓徽直接打断："别可是了，快去，听话。"他今天亦是疲惫，已经没有多余的力气说话了。

苏梓徽端了热水到房间，在杯子里加了点凉水，试了试水温，才托着苏南溪半倚着她，把药塞到她嘴里，然后喂水。

"苏梓徽，我疼。"她苍白的脸上都是汗，眉头紧紧皱着，巴掌大的小脸扭曲在一起。

苏梓徽用热毛巾帮她擦脸擦手，分辨不清她到底真的是身体疼，还是心里疼。

后来，她断断续续地喊着疼，苏梓徽就这样听着，却不知道要怎么帮她缓解。到了早晨，苏南溪的烧还是没有退，她身体流的汗把衣服和床单都浸湿了。

许丛睡得并不好，干脆就跟酒店请了事假。苏梓徽一夜未睡，用手捂着脖子走出房间，看到厨房里，许丛正在煮粥。

苏梓徽走过去，坐在吧台前，给自己倒了一杯冷水喝。

"南溪好些了吗？"

"还没退烧，汗流了一夜，很不舒服的样子。"

"是吗？我待会去帮她换衣服。"

"我可以打电话让周妈来。"

"没事，我请假了。"

"许丛，有很多事我都没有办法告诉你，不是我不信任你，而是那是属于别人的秘密，我不能说，你明白吗？"他知道昨天的她有些失望，因为他的沉默逃避，给了她距离感。

"谢谢你能对我说这些，我心里好受多了。"许丛会心一笑。

回到房间，苏南溪还在昏昏沉沉地睡着。苏梓徽把她抱到许丛的房间里，然后许丛给她换衣服，他则是换床单，然后再把苏南溪抱回去。

"是不是要挂点水？这样好得快点。"

"我打电话给医生。"苏梓徽觉得苏南溪是因为心里恐惧才生的病。

上午，苏梓徽在客厅沙发眯了一会，许丛陪着苏南溪挂水，苏南溪刚喝下一碗粥，终于有了点力气。

"把我电话给我。"苏南溪对许丛说。

她给陆春晓打了电话，电话刚通了她就不争气地流了眼泪，许丛自觉地退出了房间。

"家里现在是什么情况啊？"苏南溪嘶哑着声音问。

"妈和Jose已经回家了，在收拾行李，她们会搬出去住一段时间。我爸被我送去医院了，他这几年心脏不好，我怕有个万一。"

"嗯，他们不见面比较好。否则你爸爸又要砸东西了。"

"昨天吓到你了吧，身体好些了没？"

"嗯，好多了。"

"家里现在比较乱，用人们在收拾，我待会要回公司，下午有重要的会议。"

"你还好吗？"苏南溪轻声问。

电话那头陆春晓沉默了会，然后说：

"我有些无法接受。南溪，我感觉自己前半生的信仰都崩塌了，我从来就没有想过陆暄会不是我妹妹，我很爱她，真的很爱很爱。"

"我知道，我知道。"苏南溪强忍着情绪崩溃。

"昨晚爸跟我说他想我亲妈了，他说我妈是多么多么好的人，我努力地想要记起我儿时跟她相处的记忆，可是不行，她在我脑海中的样子只是家中那些照片里的样子，不会动，不会说话。而我和我现在的妈妈倒是有很多美好的回忆。她骗了我爸，这是他们之间的事，我不应该也恨她。是不是？"陆春晓说着说着也有些不确定了。

"如果没有现在的妈妈，你爸也会娶别的女人进门。"那样子所有人的命运就不是现在这样了。苏南溪在心里补充。

那晚周韵的头被陆威用酒瓶砸破缝了八针，周韵身上的青青紫紫数不清。

从陆家搬出来后，周韵带着Jose住进了陆春晓在南城的公寓。

Jose一直都很淡然地面对这样的变故，还把周韵照顾得无微不至。

她当然知道这一切都是假的，可是她贪恋这份温暖，这是她25年的生命里从来都不曾出现过的美好，有一天她也拥有了那么好的爸爸妈妈和哥哥，这个梦，让她怎么舍得醒来。所以，对她来说，她从来就没有把这一切都当作假的。就算她一再地警告自己，你是拿钱办事的，但她也没有能够做到置身事外。

"对不起，本想好好照顾你的。"

"我还可以叫你妈妈吗？"Jose有些胆怯地问。

"当然可以。"

"妈，你有想过是谁在陷害你吗？"

"知道我的过往的也只有那个人了。"周韵近乎咬牙切齿地说。

"妈妈的女儿真的是被你抛弃在马德里的吗？"

"是。"

"你知道她现在在哪里，是吗？"

周韵并没有回答，但是也没有否认。

"她是个什么样的女孩？"

"我不太了解。"她也并不想了解。

"你接下来有什么打算？回马德里吗？"

"暂时不会回去，我想去找找我的亲人。"

"你跟我说过，你是被你爸爸抛弃的，你还想去找到他吗？"

"不，不是，我妈妈当初是跟爸爸私奔到马德里的，所以我想找找妈妈的家人。"

"这样啊。"周韵停了停，又问，"知道去哪里找吗？"

"不知道，但是总会找到的。"Jose 乐观地笑笑。

"如果有什么需要我帮忙的，别忘记告诉我。"

"我会的。"

周韵偏头痛又发作了，她用手捂着头却不小心碰到缝针的伤口。

Jose 扶着她到床上，给她盖好被子，就出去了。

客厅茶几上，一台笔记本电脑，一杯咖啡。

Jose 跪在沙发前，开了笔记本电脑，打开了文档，想起母亲曾经在病床上说起的那段关于青春的故事，她要把这个故事写出来。她相信，那个在中国某个地方的舅舅，总有一天他们一定会相见。

隔天，周韵被人搀扶着去医院就诊的照片被娱记拍到见报，一时之间，众说纷纭。

不少所谓的"知情者"跳出来爆料周韵遭遇陆威家暴，已经搬出陆家豪宅。而扶着周韵的女孩是周韵的女儿，最近刚从国外归来。据说陆威这些年没少做混账事，养小老婆，酗酒闹事，把生意做得一塌糊涂，幸得儿子成器，替他收拾烂摊子。而周韵之所以还没有和陆威离婚是因为财产问题没有谈拢。

还有一位不知名的陆家好友爆料，周韵出轨在先，传言陆威知道女儿不是自己亲生的，暴跳如雷，打了周韵，自己也因为心脏问题住院接受治疗，而在病房照顾他的是多年红颜知己。周韵和女儿目前住在陆春晓位于玫瑰园的公寓。

Jose本来打算瞒着周韵的，但是周韵的好友们都纷纷打来电话慰问，问东问西，其实她们哪里是真的来关心她，只是想看她笑话而已。

周韵挂了电话后觉得莫名其妙，问Jose："怎么他们都知道这件事了？"

"其实小区外面已经蹲守了不少记者。"Jose小声说，然后把几份报纸拿给周韵看。

周韵看了后，被气到了。

那位不知名的陆家好友大概就是陆威养在外面的女人，小三就是小三，居然用红颜知己来欲盖弥彰，臭不要脸。

Jose安慰："妈，你别生气，过段时间大家都忘记了。"

"这个圈子的事哪有那么容易被人遗忘，只要谁家出了事，都能成为那些贵妇人们茶余饭后的笑话，我看得很明白，我没有朋友。出了事，那些以前玩在一起的，不等着嘲笑你就不错了，哪里会真的关心你。"

"这样的生活你真的喜欢吗？你后悔过吗？"

周韵仿佛听到了一个天大的笑话："你太天真了。有些人一辈子忙忙碌碌，就为了一套房子，上班不敢请假，生病不敢看医生，好不容易存点钱了可能就被不孝顺的孩子骗走还赌债了。钱不是个好东西，它让亲人反目成仇，让爱人劳燕分飞，可是钱也确实是个好东西，有钱了，我们就能过上好的生活，没有人敢瞧不起我们，走到哪里都是 VIP。我当然喜欢这样的生活。我不后悔，就为我爸妈生病我能拿出一大笔钱帮他们换心脏换肾。"周韵至今都庆幸，她尽到了做女儿的义务，让她父母安享晚年。

"可是现在爸爸铁了心要跟你离婚了。"

"陆威要离婚，我是不可能答应的。做了二十五年的夫妻，伺候他们父子，没有功劳也有苦劳，如果因为一开始的错误就否定我的存在，我不服。"周韵又看了看报纸上的报道，笑了，"那个狐狸精的爆料只会让我更快地返回陆家。"

"我不懂。"

"陆威爱面子，无论是出轨、家暴，还是绿帽子，陆家都丢不起这人。丑闻会让陆氏的股票下跌，陆氏的股东不会眼睁睁地看着自己的钱打了水漂的。"周韵笑得更加得意了，跟在陆威身边这么多年，她自己也积累了一些人脉。

几天后，陆春晓携手苏南溪参加慈善晚会的时候，遭遇了记者的围堵。

闪光灯不断，苏南溪下意识地用手遮了遮眼睛，手上的鸽子蛋羡煞旁人，她的脸上始终带着得体的笑容，纤纤玉指挽着陆春晓的臂膀，一袭夜空蓝长裙，尽显优雅气质。

"陆先生，有关您父亲和继母的传闻是真的吗？他们真的要离婚了吗？"

"不是真的。"

"陆先生，有知情人爆料您妹妹不是您父亲的亲生女儿，这件事是真的吗？"

"我不允许有任何人恶语中伤我妹妹。"

"陆先生，您能解释一下您继母是怎么受伤的吗？"

"老年人磕磕碰碰都是在所难免的。"

"陆先生，请问您父亲最近是否身体抱恙入住医院？"

"我父亲之前因为心脏不舒服，我不放心他，就安排他入院做了检查，现在已经回家，身体并无大碍。"

"陆太太，这是您婚后第一次公开出现在陆先生身边，今晚来参加慈善晚会是不是为了帮助改善陆氏最近面临的丑闻危机？"

"据我所知，陆氏的丑闻都是不负责任的媒体记者胡乱编造的，我和我丈夫今天是为了帮助抗癌基金会筹集善款才来到这里，让我们把目光集中在今晚的慈善晚会，好吗？"

"陆太太，能否透露下苏氏集团当家人真的有女朋友了吗？"

"他的年纪也不小了，不是吗？"

"据说最近网上很热门的男神大叔是您父亲？这是真的吗？"

"我父亲最近确实是在国内拍戏，你口中的男神大叔我没有关注，回家后我会看看到底是不是我父亲。"

保安将记者拦住，苏南溪和陆春晓进入会场，没有了闪光灯，没有了记者的提问，苏南溪如释重负地嘘出一口气。

陆春晓侧头问："累吗？"

苏南溪笑笑："还好。"

"对不起啊，你病还没全好，我就把你拉出来'走秀'了。"

"嗨……我是你妻子啊，我理当跟你站在一起的。"

"我知道你最近因为我们家的事情承受了很大的压力，奶奶他们特地把你叫回去问了一堆事，你都敷衍过去了。谢谢你，南溪。"

苏南溪的思绪回到了那日中午，陆家的事情见了报，奶奶打来电话让她回家一趟。她的气力因为发烧还没有完全恢复过来，她首先打给了苏梓徽，让他带她回家陪着一起面对家人。

就好像三堂会审一般，气氛严肃。

苏东学发话："你最近几天都住在梓徽那边的？"

"我发烧了。"苏南溪如实答。

"你跟陆春晓吵架了？"傅佩芳不放心地问。

"没有。就是陆春晓最近照顾不过来我，就拜托叔叔照顾我了。"

傅佩芳接着问："那你怎么不回奶奶家啊？你叔叔一个大老爷们怎么照顾你？"

苏南溪和许丛同居的事情看来瞒得挺严实的，苏南溪在心里偷乐。

"就是怕你们会问我陆家的事情啊。反正陆家的事情不是报纸报道的那样，你们别信就是了。"

"无风不起浪。"傅佩芳冷哼。

苏梓徽呵呵笑着："捕风捉影这事媒体最擅长了。"

"你别插嘴。"傅佩芳嘲他，继续说，"婚姻忠诚那是最基本的素养，你的公公婆婆一个被传养小老婆，一个被传让老公戴绿帽子，这对你的影响也不好。"

"我和陆春晓好着呢，没受什么影响，只要三姑六婆管好自己的嘴就好。"苏南溪得意地回。

"都说儿子像爹，你就看他日后什么样子吧。"

"奶奶，你怎么就不盼着我点好的。我老公出轨了，对你也没好处啊。"

"你……你就嘴凶吧。"

"南溪病还没好呢，你们就别让她太累了。"苏梓徽体贴地说。

逼问到此结束，傅佩芳总结，无非就是让南溪以后多看着点老公，别跟自己公公一样，在外面养野女人。提到这件事，傅佩芳还是略得意的，苏东学就从来没有犯过这种低级错误，这是她管教有方的结果。

苏南溪点头附和："是是是，奶奶，我一定多跟您学习驭夫之术。"

苏东学不乐意了："我不出轨可不是你的功劳，这是我天

123

生自律的原因。"

一旁沉默许久的苏平嘉懒洋洋地开口："好了，妈，我爸的品性是家传，还真不是你调教得出来的。"

傅佩芳懒得理会他们，对苏南溪说："既然回家了，就住在家里养病，这身子怎么老是生病呢，这样下去什么时候才能要孩子啊？"

苏南溪一听到孩子头就大，索性拉着苏梓徽上楼了。

苏平嘉跟在他们后面，进到书房。

苏南溪幸灾乐祸地说："爸，恭喜啊，听说你最近走红了，机场都有粉丝接机了。"

"苏梓徽，你坑我演电视剧我也演了，你还让我去参加真人秀，你是不是想让我跟你断绝关系啊。"

"利益面前没有亲兄弟。"苏梓徽纠正。

"行啊，要参加真人秀你去参加。"

"我当然想参加了，人家电视台巴不得呢，别看你现在是有些小红了，但是在中国，认识我的人比认识你的人多多了。但是我去参加了，公司谁管啊，你管吗？行啊，你要是来我公司上班，我立刻就去参加真人秀，真人秀怎么了？人家美国总统还参加呢。"

"苏梓徽，你……我怎么会有你这么个倒霉弟弟？"苏平嘉气急，又一次在跟苏梓徽的口舌之争中败下阵来。

苏南溪在一旁看热闹，挺喜欢他们吵吵闹闹的。

只是，她没有想到苏平嘉随后敛去笑容，变得特别严肃后给他们抛了一个炸弹。

"陆家的事情是不是你们俩搞出来的？"

苏南溪和苏梓徽面面相觑，然后转头看向苏平嘉，摇头。

"还不承认？"

"哥，我们都听不懂你在说什么？"

"不要给我装傻。"

"爸，我可是陆家的儿媳，我怎么可能会这样陷害陆家？"苏南溪一脸无辜地问。

"南溪，有太多事让我不得不怀疑你。你知道周韵是谁吗？"

这是苏平嘉第二次问类似的问题，苏南溪记得她上一次回他说周韵是她未来的婆婆。

显然，再说谎已经毫无意义了。

苏南溪突然抬起头，勇敢地直视苏平嘉，"八岁之前，我都叫她妈妈。"

苏平嘉的心沉甸甸的，"你既然知道，为什么还要嫁给陆春晓？"

"陆春晓有哪里不好？我故意接近他、诱惑他、欺骗他，要他爱我，我费了那么大的力气才嫁给了他，因为他值得我这么做，他值得我付出爱。如果真的有一件事情是例外的，那就是，爸，我对陆春晓是真心的。"

"既然是真心的，为什么你要这么对付陆家？如果让陆春晓知道了，他还会接受你吗？"

苏梓徽在一旁咳嗽了一声："哥，是我做的，跟南溪没有关系，她事先并不知情，那天是她的生日啊，她怎么可能会毁了那么美丽的一天。是我擅做主张，收买了侦探去陷害周韵，是我让陆家在那一晚天崩地裂。南溪受到了惊吓才会生病。"

"你又是从什么时候知道的？"光凭一个苏南溪，是没有那么大的能耐的，能够操控媒体的只有苏梓徽。

"南溪和陆春晓领证后，她对我坦白了，她让我帮她，我答应了。"

"你们……胡闹。"

苏南溪微微闭上了眼睛，热泪盈眶，再次睁开眼睛的时候，她似乎下定了很大的决心，说："爸，我一定要让周韵失去她所珍视的一切。"

"她抛弃了我，她把我一个人扔在了街头，我哭着找她，我求她快回头来接我，我说我以后再也不调皮了，很多人都望着我，他们跟我说话，可是我一句都听不懂，当我被坏人毒打欺负的时候，我就好恨她。周韵听到了陆威说的话，我其实也听到了。那日，他在书房问他的一个医生朋友，觉得我没有可能不是他的孩子，因为陆威不知道从什么时候开始丧失了生育能力。而他看我，觉得我长得不像他。"

"那你有没有想过我为什么能够在福利院找到你呢？她不是真的放任你自身自灭，而是把你交给我，可是阴差阳错的，我没能接到你，让你流浪街头。"苏平嘉懊恼地说。

"不管怎么样，母亲都不应该抛弃孩子啊。"

"如果她知道是你做的这一切，你以为她不会说出你就是真正的陆暄？到那时候，你要怎么面对陆春晓？南溪，很多时候，仇恨只会让我们过得越来越不快乐，而放下仇恨，我们才能往前看。你现在有了自己的幸福，就该去守护他。"

"我的幸福我会一直揣在手心，不会让别人破坏。"

"其实周韵找过我，这个黑锅我替你背了。你也答应我，学着饶恕她好不好？"

"做不到。"

"其实你固执起来和周韵真的很像。"苏平嘉说。

大概每个人生命里都有自己的劫难。

最初苏平嘉为什么会不可自拔地爱上周韵？连他自己都觉得不可思议，放到现在，他是不会为那样的女子着迷的，回首往事，他想大抵是当时的他见识少吧。

年少的苏平嘉觉得周韵抽烟的样子风情万种，穿旗袍，描细眉，染红唇，眉眼如画。那个年代，女子抽烟不多见，会抽烟的都有些离经叛道，她和男孩子称兄道弟，没有女性朋友。

而苏平嘉这个在温室里长大的花朵，自小见到的都是温文贤淑的大家闺秀，她们大多不谙世事，犹如百合一样纯洁无暇。而周韵如艳丽的牡丹，个性张扬，性格尖锐，言行举止有些轻佻，是他从前不曾见到的女子。他觉得她真实，因为她从不在意别人的眼光，可以恣意大哭大笑大闹，都随自己的心情而来。

他在进入大学后就被父亲勒令勤俭节约，所有的生活费和学费都得自理。认识了周韵后，她花钱有些大手大脚，为了她能够买喜欢的东西，他就用更多的时间打工赚钱。他偶尔想到将来有一天如果把这个姑娘带回家，母亲一定要被气死。她从不肯为自己改变，她说如果她学好了那就不是原本的她了。后来，她为了另一个男人，戒烟戒酒，素面朝天，不再穿裸露的衣服，不再流连夜场，她从一个坏学生变成了一个好学生，她也不再是她了。

苏平嘉难得有兴致地说起周韵，苏南溪和苏梓徽安静听着，最后苏梓徽总结：哥，你真的是重口味。

苏平嘉直接操起沙发靠垫砸向了苏梓徽。

苏南溪在苏家老宅安安逸逸地待了两天，她就接到了陆春晓电话，让她明天好好地打扮自己，他要带她去参加慈善晚会。

然后他们不可避免地被记者问东问西了。

而按照陆春晓方才回答记者的问题，苏南溪心里有数了，看来周韵是不可能现在就和陆威离婚的。

台上正在拍卖周韵捐献出来的油画《向日葵》，是好些年前她从一个美院学生那买的，现在那个学生名声大噪，她的画作自是身价大涨。

陆春晓最终以五百万拍得。

苏南溪想明天报纸头条大概还是陆家。

回到家后，苏南溪先去陆威的房间问候他，陆威脸消瘦了许多，精神气大不如从前。

下楼后，陆春晓拉着她到餐厅，张妈准备了夜宵，桂花开的时候她就在采集桂花瓣然后晒干了做桂花藕粉圆子，小小的芝麻圆子放在藕粉里越滚越大，撒上桂花花瓣，香气扑鼻。

苏南溪忍着烫一连吃了好几个，举手称赞。

陆春晓在一旁看着她，若有所思。

苏南溪被看得莫名其妙，忙问他："怎么了？我脸上有脏东西吗？"

"以后别再生病了。"

苏南溪怔了怔，这事也不是她能左右的，但还是笑着答应："好。"

"嘿……多吃点，你最近都没以前帅了。"苏南溪嘻嘻笑着，往陆春晓的碗里又舀了不少藕粉圆子。

陆春晓抿嘴笑，心里暖暖的。

那晚之后，他一个人承受了许多，压力很大，很多事都失控地在发展着。

陆威看到报纸后气得和他的红颜知己打架，摔倒在地上，差点中风。本来他可以很轻松地把周韵踢出陆家的，但是这么一搅和，他出轨的事实就会落人话柄。

Jose 给他打电话，她问他记者还在蹲守，要怎么办？

撇开没有血缘关系这件事，陆春晓还是觉得他们的关系没有什么变化，她还是那个他曾经掏心掏肺疼爱的妹妹。

他说知道了，他会处理，他关照她好好照顾妈。

最后 Jose 让他不要生气，有很多事的发生都是有苦衷的。

他说他明白。

周韵还是回来了，是陆春晓亲自接她回来的，陆家似乎又恢复了平静的生活。那日她进门时候高傲地昂起头，睥睨众人，犹如王者归来，气势不减。她好像回到了当年，成为了苏平嘉口中爱慕的女子，没有羞耻心，张扬恣意。

家中用人前几日还在背地里窃窃私语，那日周韵狼狈离家的样子历历在目，关于陆威和周韵这两个人到底会不会离婚，大家还都下了赌注。

苏南溪不小心听到，凑了一脚："我压不会离婚。"

用人们一时之间都有些尴尬紧张，你看我我看你的，害怕被她炒鱿鱼，毕竟私底下讨论主家的事情是不道德的。

苏南溪笑笑："放轻松，我不会说出去的。"

众人才舒了一口气。

"真的不会离婚吗？"大家都有些不敢相信。

"应该……不会。"

苏南溪看到他们似乎在失望。

周韵的欺骗让整个陆家上下的同情心都偏向了陆威那一边。

后来果真就如苏南溪所说，周韵大大方方地再次入住陆家豪宅，而先生亦没有阻止。再次感叹，这个女人果然是好本事。

不过不离婚归不离婚，周韵待在这个家里，地位终究还是变了。

首先从陆威给她安排客房说起，他们分居了，达成协议，私底下不管怎么水火不容，在外人面前还是要装作恩爱夫妻。然后是，家中用人们已不再对她言听计从，恭恭敬敬了，大家都没有再把她当作夫人看待过，而是觉得苏南溪这样言行的大家闺秀才值得人尊敬。周韵也不恼。

苏南溪问陆春晓："Jose 不回来吗？"

陆春晓回："她好像有自己的事情要做，觉得住在外面比较自在，我也怕爸爸看到她受到刺激。"

之前陆威还叫他去调查陆暄真正的父亲是谁。陆威说周韵嫁给她之前是在南城肿瘤医院做事的，那里或许有她的同事或者朋友知道些内幕。

陆春晓觉得因为年代已久，很多人分散在天南地北，也不知道能不能查到。

而且就算查到又能怎样，这些毕竟是周韵跟陆威结婚之前的事情了。

第四章

此番别离，
再见无期

苏南溪以前学过车，但是长久不开，就不敢开了。

她对速度这种东西，天生有些惧怕。

陆春晓觉得她应该要克服心里的恐惧，就给她买了一辆宝马小跑，到周末了就带她练车，一辆小跑车愣是被苏南溪开成了20码，被路过的车主笑话。

陆春晓扶额，悠闲地摸了摸自己的眉毛："南溪，踩油门，再开快一点。"

"我怕撞啊。"苏南溪怯弱地说。

"你怕什么啊？我都不怕。"

苏南溪紧张地移开眼，看了一眼陆春晓，的确是坐在副驾驶座上的人比较危险。

"不行，我可舍不得你受伤。"

"借口。"

苏南溪嘻嘻笑着。

陆春晓揉了揉她的头发，觉得他这陪练之路路漫漫其修远兮。

"哎呀，别闹，我在开车呢。"苏南溪立刻紧张兮兮地说。

陆春晓无奈地笑了："就你这速度，我都可以跳车了。"

"哎呀，慢慢来。"

这一天，练车回到家，碰巧 Jose 过来看望周韵，两人坐在院子里喝下午茶说话。

Jose 是来告别的，她想去把中国转一圈。

周韵赞同地说："这个想法很不错，趁年轻多出去走走，看看美丽的风景，老来也是一份不错的回忆。你的年纪也该处个男朋友呢，路途中要是遇到不错的男孩子，就好好把握住。我也会在南城帮你多留意些好男孩的。"

"谢谢妈。"Jose 有些犹豫，但还是开口问了，"你最近过得还好吗？有受委屈吗？"

周韵笑了："我很好啊，我能有什么不好？谁都不敢管我。我以前的性子可是很泼辣的，谁都不敢招惹我的，后来嫁人了，我就收敛起从前的性格了，这样不太好，反而给人我好欺负的错觉。我现在活得很自在，想怎么样就怎么样，每天睡到自然醒，听歌看剧看书，偶尔兴致来了，摆弄摆弄花花草草，别提多惬意了。"说到这里，她拿起桌上的烟盒，从里面抽出一支烟，夹在手指间，然后放在嘴里，熟稔地用打火机点燃烟，随后吐出白色的烟雾。

Jose 相信她是真的能过得很好，也就放心了。

陆威操控着轮椅到她们不远处，他一声喝斥："你来这里做什么？你给我滚。"对象自然是 Jose。

陆威前几日跌了一个跟头，虽然不服老，但是还是被陆春晓勒令坐起了轮椅，他的房间搬到了一楼，窗明几净，抬眼就能看到院子里的花花草草，心情都愉快了许多。后来陆春晓让人来把落地窗改成了玻璃拉门，这样子陆威可以自己操控着轮椅直接从房间到花园散心。没想到今天就看到了不想看到的人出现在他家花园里。

Jose 尴尬地起身，大概是知道陆威现在不能受刺激，所以急着跟周韵说了再见就匆匆离开了。

周韵懒得瞅陆威的样子，把烟头在烟灰缸里揉了揉，端起桌上的咖啡杯，回屋子里看书去了。

陆威看着自己现在的狼狈样子，再看看周韵能走能跑，气不打一处来。

Jose 刚走出大门，苏南溪就停下了车子，陆春晓下车来："来看妈？"

"嗯，我是来告别的。"Jose 微微笑着。

苏南溪下车，略微惊讶："你要走？回马德里吗？"

"不是，我要在中国转转，看风景，大概有很长时间不会再回到这里。"

"哦，是这样啊。"苏南溪点头。

陆春晓说："我送你回家吧。"然后坐到驾驶座上。

"不用了，好远的。"Jose 推辞。

"上车吧。"苏南溪帮着把 Jose 推上车。

"晚饭不用等我了。"陆春晓对苏南溪摆摆手。

苏南溪笑着应："好。"

苏南溪进到屋子里，让用人给她送杯水，她的心情很好，把周韵当作透明人，坐在她旁边的沙发上戴上耳机听音乐。

周韵瞥了她一眼，怪声怪气地说着："这个家也就你最好命了。"

苏南溪抬头，视线落在周韵身上，轻笑："是吗？"

"能够嫁给陆春晓是一件很幸运的事情，你要好好珍惜。"

苏南溪拿下一只耳机，笑吟吟道："我会的。"

周韵觉得她像是在炫耀，心里有说不出的滋味，随口问："你老公呢？不是去陪你练车了，怎么没跟你一起回来？"

"去送陆暄了。"苏南溪答。

周韵不动声色地观察她："暄暄要离开南城了。"

"我知道，方才她对我们说了。"

"你是不是也像其他人一样表面上对我客气但在心里对我鄙视？"

"我没有啊。"苏南溪无辜地眨着她的一双灵动的大眼睛。

周韵冷哼一声："我知道你们的心思，你嘴上否认也没用。在你老公在的时候，你喊我妈喊得那叫一个甜，你老公一走，你就把我当作一个隐形人。"

苏南溪装傻："有吗？对不起啊，妈，我不知道你现在这么敏感多疑呢。我下次一定注意。"

"你少跟我说话，我不稀罕。"

周韵生气地扔下了书，起身上楼去了，留下苏南溪在客厅里笑得花枝乱颤。

车上应景地放着音乐——

"过去像一场大雨

时间的谷底，岁月层层累积

也许不会再相遇

此刻的别离，我们沉默不语

不经世的我们，约好下一个路口等

……"

陆春晓直视着前方的路况，有些心不在焉地问："是不是在南城发生的事情让你很难过？所以你才想要离开。"

"不，不是的。"Jose 有些心神不宁。

她的心里很犹豫，到底该不该说那件事，一直都在困扰着她。

陆春晓停下车，前方堵车了，正值下班高峰期。

两边都是高楼大厦，路是向西的，尽头是霞光万丈。

"那能不能不走呢？我会努力说服爸爸，让你回家的。"

"我已经订好了机票，非走不可了。"Jose 笑着说。

夜色温柔，陆春晓把车开到了离玫瑰园不远的西餐厅，两个人吃了晚饭。

陆春晓先放下了刀叉，喝了口果汁，然后问 Jose："还需要点些什么吗？"

Jose 连忙摆手："我已经很饱了。"现在还能吃，只不过是不想浪费。

陆春晓从钱包里拿出了一张卡，递给 Jose。

Jose 愣了愣，拒绝了："我怎么能要你的卡呢？"

"怎么不可以？我是你哥哥。"陆春晓说得理所当然。

Jose 心里有些触动，喝了口水，叹了口气，终究还是下定了决心。

"你先把卡收起来，我想告诉你一些事。"

"什么事？"陆春晓好奇地问。

"陆春晓，我真的很想要做你妹妹，可惜……我不是。"Jose 表情严肃地说。

陆春晓笑了，不介意地说："即便没有血缘关系，我也认你做妹妹，我们可是一起长大的。"

Jose 紧抿着唇，不想哭却还是没辙。

陆春晓递过来纸巾，心里亦不是滋味："傻姑娘。"

"可是，我并不是陆暄。"在这一刻，她真的有些羡慕陆暄了，有个这样好的哥哥。

陆春晓感觉自己好像没有听清楚她的话："你说什么？"

Jose 眼神坚定地说："我真的不是陆暄。"

陆春晓笑了，不相信："你怎么可能不是陆暄呢？"

"DNA 的样本不是我的。"

陆春晓原本端坐的身子一点点地往后移，靠在了椅子上，嘴里发出轻轻的声音：

"怎么会这样？"

"周韵买通了侦探，让他帮她找个女孩，在马德里的福利院长大，年纪与陆暄一样的女孩，然后他们就找到了我，让我冒充陆暄。但是后来侦探被别人收买了，拆穿了周韵的骗局，却说我是周韵的女儿，还提供了 DNA 比对结果。我虽然是孤儿，但是我对自己的父母是有记忆的，我的妈妈绝对不是周韵。可是……可是周韵默认了这件事。她没有办法解释自己为什么要找个假女儿到身边，就索性承认了我是她的女儿，是她和别的男人生下的女儿。"

"那么她那天说的所有话有几分是真几分是假？"陆春晓的脑子里一片混乱，浑身上下散发着一种自我克制的平静气息。

Jose 轻轻摇摇头，答："不知道。"其实她心里已经隐隐有了答案，那晚周韵说的话应该都是真的，陆暄不是陆威的女儿，而借此机会摆了周韵一道的人大概就是陆暄的亲生父亲，那么陆暄现在在哪里，周韵也必然是知道的，因为她的手里有陆暄的 DNA 样本。

"希望你能原谅我的欺骗。"她诚恳祈求道。

陆春晓沉吟片刻，继而笑了："谢谢你告诉我这些。"他的眸光中失去了宠溺，取而代之的是客套疏离。

Jose 如释重负地吁了口气："那我离开南城就没什么遗憾了。也谢谢你，这几个月对我关爱，我从来都没有被人这样爱过，我会永远记着这段生活的。"

"希望有生之年我们还能再见面。"

"会的。"

回去的路上，陆春晓一直都有些心不在焉，他的心里有太多的困惑了。

陆暄究竟是不是自己的亲妹妹？能帮他解惑的只有周韵，但是周韵是不会告诉他的，她隐藏的秘密实在是太多了。

那么，他就只能自己找人去找答案了。

"你到底看没看呐？"

苏南溪一边接电话一边上楼："我等会就看了。"

"你一定要看哦，你爸可是好丢人的，太放得开了。"苏梓徽在电话那头幸灾乐祸道。

苏平嘉参加的真人秀节目叫《说走就走》，全程都在海外拍摄，穷游异国他乡，感受当地的人文风情，与他同行的人都是歌手和演员，年少与年老的，一行共八个人。

上一期节目中，苏平嘉以一口流利的西班牙语令观众眼前一亮，他的成熟稳重，还有身上的那股子不刻意的绅士风度，受到了同行人的爱戴，加之圈内一直盛传他出身豪门，家世显赫，却在待人接物上平易近人，彬彬有礼，导致所有看这档节目的观众都被他圈粉了。他没有开通微博，但是他的后援会微博的粉丝数目直线上升。后来，眼尖的粉丝发现苏南溪和苏梓徽都关注了后援会，他们欣喜若狂，看来偶像是苏南溪老爸这件事是真的了。

今晚苏平嘉为何丢人，从之前节目组微博放出来的剧透，大概能猜到是钱包丢了，每个人不得不在街头卖艺赚取路费和住宿费。而苏平嘉居然当街跳起了韩国女团的舞蹈，那身姿婀娜得叫人无法直视。这是节目组的安排，就是为了节目有争议，从而吸引更多的关注和人气。

别人或许看到的是欢笑，可苏南溪看到的是苏平嘉背后苦练的辛酸。

他的辛勤付出赢得了周围人的掌声，以及众人的捐献。镜头给了他额头一个特写，满额头的汗水，以及他每次感谢别人时弯得特别低的腰。

苏南溪给苏梓徽打了电话："你之前不是说在中国你人气比我爸高吗？我觉得你微博下的少奶奶团要抛弃你转投我爸的怀抱了。"

"是是是，他这次也太拼了。"苏梓徽难得不犟嘴，佩服道。

挂了电话后，苏南溪登陆微博，发了一条微博：

"老爸，我为你骄傲。"

苏梓徽随后转发，并附言："老哥，我也为你骄傲。"

铁粉们很快就领会了其中的意思，纷纷转发，因为这是证明了苏平嘉身份的微博。

而苏平嘉的粉丝们也疯狂转发，一边被他的敬业精神感动一边为他有苏南溪这么大的女儿而失落。大家都觉得苏南溪的妈上辈子真是拯救了银河系了才能嫁给苏平嘉这种极品男人，有脸有钱有才还有礼貌。

苏南溪看到这样的评论时一笑而过，庆幸当年周韵抛弃了苏平嘉，不然让这样的女人嫁进苏家，会把苏家搞个天翻地覆的。

粉丝们纷纷开了帖子，要深挖苏南溪的母亲到底是何方神圣，评论每天都在刷，但基本上没啥有用的信息。不久之后的一次采访中，苏平嘉直言自己处于单身状态，随之而来的是八卦论坛上关于他感情方面的各种猜测。

版本一：苏平嘉和妻子结婚后一直生活在马德里，因为家族不认同这桩婚姻，后来感情越来越不好，苏平嘉和妻子就和平离婚了，然后回来国内发展。

版本二：苏平嘉并没有迎娶苏南溪的母亲，因为苏南溪的母亲的身份背景与苏家不相匹配，苏家只接受苏南溪，不接受她的母亲。

版本三：苏南溪的母亲已经过世，苏平嘉至今未再娶。

版本四：苏平嘉其实是同性恋，借用了苏南溪母亲的肚皮生下孩子，就是为了隐瞒自己喜欢男人的事实。

那段时间，苏南溪和苏梓徽的微博被粉丝刷屏了，就好像他们一直这样刷，苏南溪和苏梓徽就会出来解释一样。

当然这都是后话了。

陆春晓推门进来，就看到苏南溪窝在沙发上看电视，笑个不停。

他原先的愁眉不展，也因着见到她的笑颜而消失不见。

苏南溪咳嗽了几声，陆春晓赶紧上前，给她倒了一杯水，让她缓解一下。

苏南溪喝完水，把空杯子递给陆春晓："谢谢老公。"

"怎么回事？"他紧张地问，"感冒了吗？"

"没有。就是觉得喉咙有些痒。"

"南溪，等苏梓徽过完生日后，我带你去医院做个全身检查吧。"

"为什么要做全身检查？"苏南溪有些紧张地问。

"你最近总是生病，去检查检查也没什么不好。"

苏南溪乐了："只是一些日常的感冒发烧，你也太小题大做了吧。"

"这是对你负责的态度。"陆春晓坚持。

"好啦。"

南城进入十一月后，秋高气爽，落叶缤纷，一场突如其来的秋雨，让原本因着寒流到来略显萧条的城市更加狼狈，街上行人匆匆而过，或冷漠或迷茫。

打扮光鲜亮丽的富太太们相约四季酒店喝下午茶，谈起了最近发生的一件事。

"听说许家和宋家最近不太平，许老太爷被送进医院抢救了。"

"啊？这么严重啊。我是听我老公说，许易安和宋伊人协议离婚了。"

"哎呀，不是吧？这才结婚没多久啊。"

"听说是宋伊人提出来的。"

"难怪了，宋家好好的家业难道要一直被许家拖累啊。离了好，起码不用被拖下水。"

"那倒也是。"

不远处，许长乐沉着一张脸，隐忍着要撕烂她们嘴的冲动。

她今天约了陆春晓来这见面，自从上次她开车撞了苏南溪后，陆春晓大概就不想再见到她了，若不是她在电话里说有重要的事情要告诉他，他大概是不会同意见面的。

　　陆春晓准时赴约，路过那些贵太太们的时候，那些人盯着他，窃窃私语起来，想起来之前非常热闹的陆家的八卦，是真是假，竟分辨不出来，大家一直都在等着后续发展呢，可是最近陆家十分安稳太平，再不见爆料。贵太太们在看到陆春晓约见的人后，觉得有些尴尬，终是意兴阑珊地结账离开了。

　　陆春晓点了一杯咖啡后，看向许长乐，淡淡开口："听说你要结婚了，男方是个大学老师。"

　　"是的，我明天的飞机，飞加拿大跟他家人见面。"

　　"恭喜你啊。"

　　许长乐失落道："没什么好恭喜的，你是知道我心里的想法的。我哥不准我再回南城了。"

　　陆春晓觉得意外："你哥知道你的事情了？"

　　许长乐苦笑："他不知道。但是就凭我把你老婆撞进医院这一点就足够了。"

　　"你是太冲动了。"

　　"我哥哥他很爱南溪。"

　　陆春晓有些无语，觉得很荒唐，沉默片刻后故作淡定地挑眉道："是嘛。"

　　许长乐密切注意着陆春晓的表情变化，她知道他的心里是在意的，紧接着说："南溪也很爱我哥。"

陆春晓冷冷开口："这是什么时候的事情？"

"在我去马德里留学的那四年，南溪深爱着我哥，她追求他，我哥哥却因为想要娶一个门当户对的女人而一直没有认真对待过南溪，当时我们并不知道南溪是苏家的千金。最开始的时候，我哥每年都要去马德里看我好几次，名义上是路过，但是我知道他也是来看南溪的。我们一起去酒吧玩，我撞见过他们在厕所里拥吻，尽管他们事后就像什么事都没发生过一样。后来我哥和宋伊人的事情被曝光后，他就和南溪断了联系，而南溪不死心，想要去挽留，却因为我和她爸发生的事情，和我哥错过了。之后，就是她带着我回国，我们在机场和你见面了。那之后，她就像变了一个人，开始疯狂地追求你了。"

陆春晓想起了结婚那晚，他亲耳听到苏南溪承认她跟别的男人暧昧过，却没有想到这个男人就是许易安，他的朋友。虽然知道这是苏南溪婚前的事情了，但是此时此刻从另一个人口中得知，陆春晓仍旧觉得心里很不舒服。

"宋伊人现在跟我哥离婚，其实是因为我哥哥不小心在他们两人发生关系的时候叫了苏南溪的名字。家里人都当是宋伊人有了喜欢的人，而其实我哥哥才是这场失败婚姻里的罪魁祸首。"

原来他们离婚了。

陆春晓嘴角勾起："许长乐，你今天特地告诉我这些，是想挑拨我和南溪的关系？"

许长乐得意地笑了："那么，我成功了吗？"

因着苏南溪，他们许家现在遭遇了前所未有的困境，宋家的资金突然抽走，两家的项目暂停，银行目前对许家的贷款申请卡得很紧，如果没有新的投资人，那么前期投进去的钱就打水漂了，而宋家经得起这样的决策失误，可是许家，之前的流动资金早就被许众贺用来投资海外的矿产。

　　陆春晓摇头，一扫方才的不悦，信心十足地说："我知道现在苏南溪爱的人是我，这就够了。"

　　"她真的爱你吗？还是因为知道我们的父母要撮合我们，她为了报复我，才抢走了你。"许长乐说出自己的怀疑。

　　"你想多了。"陆春晓面无表情地说。

　　他起身离开，许长乐望着他挺拔的背影轻轻笑了，她知道怀疑的种子已经埋在了陆春晓的内心，抿了口咖啡后，心情极好。

　　许易安和宋伊人离婚的事情被大肆报道，离婚的原因被写成许易安对旧情人余情未了，宋伊人无法忍受终提分手。而许易安的旧情人随后也被挖出来，有人在八卦论坛上贴出了两人的合影，照片中两人比肩站立，笑得灿烂，身后是埃菲尔铁塔。虽然帖子很快就被管理人删了，但是这张照片还是被人保存下来了，然后四处传播。

　　众人才知，原来许易安和苏南溪曾经也有过一段情啊。

　　记者的电话打到陆春晓和苏梓徽的公司，两边都很默契地回只是普通朋友。

　　毕竟照片中没有什么劲爆的亲密接触，所以"朋友说"很快就将苏南溪撇清在许易安离婚的原因之外了。

那张照片是许长乐拍的，苏南溪知道爆料的人就是她，但是许长乐很聪明，跑去加拿大了，不然她肯定要找人刮花她的脸。她之所以特别生气，还有一个原因就是她手中的料能让许长乐的婆家立刻跟她划清关系，但是这事牵扯到自己的老爸，她下不了手，就只能放过许长乐了。

这两天她接到很多电话，都是打来问她和许易安关系的，她逢问必答：我们不熟，以前绝对不是情侣。

本身她就和许易安不是情侣关系，所以她说得理直气壮。

但是她最忐忑的是，陆春晓就好像不知道这件事一样，什么都没有问她，对待她跟以前一样体贴温暖，搞得她都想坦白从宽了，后来转念一想，她决定不要不打自招。

试问如果陆春晓从前跟某个女人暧昧过现在被曝光了，她听到会不会吃醋，心里暗自不爽。答案是肯定的。所以她觉得陆春晓就是在装大度，其实他心里也是有些生气的，这就能说得通他为什么最近在床上老折磨她了。

苏南溪最近表现得很乖，大概是因为心虚，陆春晓本来想默默消化掉这件事的，奈何"情敌"居然还恬不知耻地打来电话问他要苏南溪的电话号码，若他不给，反倒是他小气不信任妻子的感觉，所以最后他还是故作大方地报了苏南溪的电话号码。

苏南溪接到许易安电话的时候，她正在花园里折腾她新买来的多肉们，手机响起，看到是一个陌生号码，虽然有些迟疑，但是还是接听了。

却没有想到是许易安的声音。

"南溪，是我。"

我知道，我没聋，我听得出来。她在心里恶狠狠地吼着，随后装傻问："你是谁啊？"

那边似乎没反应过来，一阵沉默后，无奈地说："我是许易安。"

"哦，是你啊。"苏南溪波澜不惊地说。

"南溪，对不起啊，因为我离婚的事情给你造成困扰了。"

"困扰？有吗？"苏南溪语气中含着讥笑。

"长乐气我把她送走，所以才会给我添乱。"

"这是你们兄妹之间的问题，跟我没有关系。我现在已经有了自己的幸福，希望你们不要再打扰我的生活了。"

"我们过去的情分真的不存在了吗？"

苏南溪皱眉，嫌恶道："我只要一想起来我会跟你们认识，我就后悔不已。"过去的那些感情放在如今看只是一场笑话，当初的自己真是眼睛瞎了，才会和许易安牵扯在一起，她的骄傲与自尊被许易安伤到了。

"南溪，你恨我吗？"

"不恨。恨的前提是因为爱啊。"

苏南溪的话有些冷酷，这让许易安有些难以接受。

"不知道你是从哪里知道我的手机号码的，请你以后不要再打给我了，我跟你之间没有什么好说的。"苏南溪郑重拜托。

"好，苏南溪你不要后悔。"

苏南溪直接挂了电话，瞎扯，她有什么好后悔的？

傍晚黄昏时分，许易安又给苏南溪打来了电话，苏南溪当时正跟周韵坐在同一张桌上吃饭。

周韵插话："怎么不接电话？"

苏南溪看了一眼周韵，没理会她。

过了一会，他又打来，周韵抢过苏南溪的手机，就要接听。

苏南溪火大了："你干什么？"

"我想知道到底是谁找你啊。"

随即，周韵按了接听键，并按了免提键。

苏南溪有些紧张，作势要去抢，但周韵眼疾手快先她一步把手机拽在手里。

那边声音响起，却不是许易安的声音。

"苏小姐，您朋友一个小时前在 HN 高速公路上出了车祸，现在在第一人民医院抢救，麻烦您过来医院一趟。"初听真像诈骗电话，苏南溪有点懵。

周韵觉得无趣，将手机还给了苏南溪，苏南溪边离开边问："你们为什么要打给我啊？"与此同时，她的一颗心提到了嗓子眼，惴惴不安。

想起下午许易安说的那句话，他叫她不要后悔。

不会的，许易安真做傻事了。

"是这样的，我们查到车主名字叫许易安，今天四点十分的时候，你们通过电话。"

"我们不熟，你找别人吧。"苏南溪有些烦躁。

"因为这只手机里只保存你的手机号码，麻烦您到医院里来一下，并通知他的家人。"

苏南溪愣了愣，没法子："我到医院再跟你联系。"

苏南溪匆匆上楼拿了包，不理会周韵在身后问她是谁出了车祸，冲出了家门，到车库里取车，刚开出家门，迎面和陆春晓的车差点撞上。

陆春晓下车后用力关上车门，冷着脸向苏南溪走来。

苏南溪惊魂未定，就被陆春晓粗鲁地从车里拉了出来，在看到苏南溪安然无恙后，忍不住发火："练了几次车，胆子就大了，能开夜路了。"

"老公。"苏南溪可怜兮兮地喊了一声。

看到苏南溪饱含泪水的眼睛，陆春晓缓了缓语气，问："出什么事了？"

"许易安出车祸了，生死未卜。"苏南溪小心翼翼地说。

呵……原来是为情敌着急啊。

"你这是在故意气我吗？你和许易安出了那样的新闻，怎么还不知道避嫌呢？"

"这是人命关天的事啊。"

陆春晓分不清楚她到底对许易安是不是旧情未了，还是就只是单纯担心他那一条命。他心里的天平偏向了前者。

他沉默着拉着她的手腕，把她推上自己车的副驾驶座。

"哪家医院？"

"第一人民医院。"她不敢看他的眼，低着头说。

路上谁都没有说话，苏南溪一直望着车窗发呆，陆春晓偶尔望向她，心情复杂。

看样子她是真的很在乎许易安，有了这样的认知后，陆春晓心里更加不快了。

苏南溪突然想到了什么，坐直了身子，对陆春晓说："你打电话通知下许易安的家人吧。"

"警察连这点事都做不了，怎么就知道打电话给你了？"陆春晓语气不善。

"他说许易安手机里就存了我一个人的号码。"

有病。

陆春晓没再说什么，翻到许易安父亲的电话后，告诉了那边许易安的情况。

苏南溪侧过身望着陆春晓英俊的侧脸，有话想说却不敢说。

陆春晓的余光瞥到了她的表情，语气冷漠地问："你想说什么？"

"虽然你没问过我我和许易安的事，但是我还是要告诉你，我如今只爱你一个，就跟方青瓷是你的过去一样，许易安也是我的过去，只不过因着他是你的朋友，所以我才会难以启齿、极力隐瞒。"

陆春晓听后，嘴角轻轻上扬，有些抑制不住的开心。

见他不再紧绷着一张脸，苏南溪松了口气，在心里为自己捏了把汗。

　　许易安的车安全系数高，所以他历经那么凶险的车祸也没死，除了外伤流血多了点，他还断了四根肋骨，但好在没有伤到脏器，被推到病房的时候，意识已经清醒了，给警察做了笔录。看到满脸担心的父母，还有陆春晓，他觉得有些尴尬，他真不是想死，而是真的就是疲劳驾驶，不小心撞到护栏飞出去了，但显然他们都不信。

　　"不好意思啊，让你们受惊了。"许易安忍着疼扯出了一抹笑。

　　陆春晓平静地说："那么我先回去了，你好好养伤。"

　　许易安的父母感激地送他出去。

　　陆春晓一言不发地走到护士站领着苏南溪回家。

　　"他真的不是自杀吗？"苏南溪担忧地问。

　　"谁知道呢。"陆春晓也不确定。

　　苏南溪哀叹了一声："幸好他今天没死，不然我多倒霉，要背这个黑锅。"

　　看样子，她得换个手机号码了。

　　"你放心，伯父伯母以后自然会打起精神好好看管他。"

　　"你饿不饿啊？"苏南溪揉了揉自己饥肠辘辘的肚子，本来就没怎么吃晚饭，结果情绪还紧张了一晚上，那点晚饭消化得更快了。

　　陆春晓看了看时间："要吃什么？"

　　"肯德基吧。"

"太咸了。"

"不咸啊。"苏南溪辩解道。

最终还是回家吃的。

苏南溪有些郁闷，如果说她之前不能吃太咸的东西是因为肾脏出血，那么现在她都好了，为什么还不能吃？

对此，陆春晓解释："正常人想要健康，饮食就得低盐。"

第五章

采尔马特的星空

苏梓徽之前就计划好了，他今年的生日不在南城过了，打算邀请好友们去瑞士滑雪，这其中也包括了苏南溪和陆春晓这对小夫妻，因为他的生日也就是他们交往的纪念日。

　　同去的人几乎都是情侣档，苏梓徽和许丛，苏南溪和陆春晓，张嘉义和宁一，顾向东唯一觉得庆幸的是，他还有贺培安陪着，所以他让苏梓徽帮他俩订一间房，晚上抱着睡不冷，不过贺培安直接拒绝了，要守住清白。

　　此时的瑞士，冬季才刚刚开始。

　　傍晚时分，飞机缓缓滑行在日内瓦机场的沥青跑道上，舷窗外是一片干净纯粹的深蓝色。

　　苏梓徽订的酒店就在日内瓦湖畔，房间暖色调为主，地上铺着白色的地毯，大落地窗外就是烟波浩渺的日内瓦湖，对岸是霓虹璀璨的老城区，老城区的背后是巍峨的阿尔卑斯山脉。

　　在房间里稍微收拾了下，苏南溪和陆春晓就去二楼的餐厅用餐。

　　没想到刚刚点餐，身后就来了一群人。

　　"怎么不喊我们一起来吃饭？想过二人世界啊，偏不给你们机会。"顾向东这单身狗现在很仇视情侣档，投射出来的眼光都像是带着刀子。

陆春晓浅笑不语，苏南溪给了他个白眼："无聊。"

"陆春晓，吃完饭去酒吧玩啊，女士回房间。"

"好啊。"陆春晓紧接着揉了揉老婆的脸，"洗香香在房间里等我啊。"

还未等苏南溪说话，顾向东就一副作呕状，慢悠悠说了声："流氓！"

苏南溪笑出声："说吧，你喜欢什么样子的女孩？"看来不给他脱单了，以后是不会有什么好日子过了。

顾向东明朗地笑，坐在她对面的位子："就等你这句话了。"

然后托腮说："胸大无脑脸漂亮。"

"肤浅！"苏南溪鄙视道，"娶妻当娶贤啊。"

"是嘛，你也不怎么贤惠啊？"顾向东一脸嫌弃，啧啧摇头。

苏南溪气结，视线转向贺培安："贺叔，你快把这妖孽收了吧，求你了。"

"我嫌糙。"贺培安并不买账。

"小贺，你怎么能这样说我呢？我好歹陪了你三十几年了。"这话一点都不夸张，他们从穿开裆裤开始就在一起和泥巴玩了。

贺培安无视，掀开菜单准备点单。

"其他四个人呢？"陆春晓好奇。

"我看到他们出去了。"贺培安回。

苏南溪问："你们怎么不跟过去？"

顾向东咧嘴笑："傻啊！你们好欺负呗。"

贺培安默默笑了。

许丛和苏梓徽并没有住在一间房，顾向东本来还想去嘲笑苏梓徽没用的，但是谁知道话还没说出口，就被苏梓徽一个过肩摔摔在了地上，毕竟是年纪一把了，骨头也都脆了，所以顾向东到现在屁股还隐隐作痛。

四个人吃了晚餐后，顾向东果真拉着陆春晓去二楼的酒吧了，苏南溪觉得无聊，去做 SPA 去了。

这期间，顾向东一直微信骚扰着苏梓徽和张嘉义，让他们快回来加入男人的战斗——玩牌喝酒。

然后苏南溪在做完两个小时 SPA 回房间休息时就看到他们房间门前，陆春晓坐在地上，倚着门在睡觉。

她真是气笑了，顾向东这货还真敢灌她老公酒，幼稚、愚蠢。

用门卡刷开房间门后，苏南溪费力将陆春晓扶起来，拖到床上。

隔天早上，苏南溪在走廊看到打着哈欠的顾向东，冲到他面前，他立刻护住了下体，做好挨打的准备。

面上咯咯笑着。

苏南溪原本是没想揍他的，现在看他贱兮兮的样子，顺势揍了上去："顾向东，你找死啊。"

拳打脚踢一阵后，苏南溪才觉得气消了。

不远处，贺培安精神奕奕地摇头鼓掌，看热闹不嫌事大地回："陆春晓知道你这么泼辣吗？"

苏南溪紧张地转头看了看身后，发现没人后，放心了，干净利落地去吃早餐。

顾向东拉着贺培安偏要坐在她身边，被她赶到隔壁桌去了。

消失了一个晚上苏梓徽和许丛，以及张嘉义和宁一这两对情侣登场。

顾向东忙凑过去问他们昨晚去哪里了，怎么都不理他。

苏梓徽给许丛倒橙汁，把顾向东当作透明人。后来，许丛觉得不好意思，开口答疑："我们去联合国万国宫看明星去了，昨晚电影节开幕。"

冬日的暖阳照在身上，苏南溪惬意地坐在二楼的户外餐厅用早餐，木桌木椅，古色古香，旁边就是清澈透明的日内瓦湖，水禽在湖中嬉戏，苏南溪扔了点面包给近处的天鹅吃，这里的天鹅、鸳鸯一点都不怕生，只要有吃的，就成群结队地游过来了。

天很蓝，远处的阿尔卑斯雪山清晰可见。

微信上，陆春晓问她在哪。

她轻轻笑着，打字：二楼户外餐厅，等你。

陆春晓穿着藏青色的羽绒服出现，顾向东冲着他吹口哨，他有些不好意思地低了低头，昨晚打牌输得一塌糊涂被灌了好多酒，他只想说顾向东真会玩。

苏南溪体贴地给他倒了一杯牛奶，陆春晓有些反胃，感叹："下次再也不喝那么多酒了。"

"以后你别理顾向东。"

陆春晓灿烂笑着。

结束早餐后，男人们去酒店租车，女人们则是回房间化妆。

他们今天要去附近的一个私人农场，农场主是贺培安以前的大学同学，知道贺培安最近要来瑞士，极力邀请他去他的地盘玩，于是贺培安就厚着脸皮带了一群人去蹭吃蹭喝。

车子经过古老又时尚的城区开往莫尔日，大约半个小时后停在一处鲜花怒放的庄园外。

白墙红顶的房子坐落在湖边，四周都是绿草地，还有满身黄叶子的树木，落叶落了一地，踩上去吱吱的，湖边白色野花怒放，显示出强劲的生命力，湖水清澈，依稀能看到水里的青草，微风拂过，波光粼粼。

房子里跑出来两只狗，它们的叫声把主人们吸引出来。

贺培安的朋友Luca是个地道的瑞士人，他儿时的梦想就是做个老农，然后心无旁骛地赚钱回来买了这座农场，盖了这幢房子，如今妻子相伴，有三个可爱的儿女，两只金毛狗，生意做得风生水起，简直就是人生赢家。

庄园后面就是他家的花园、果园，还有不远处的日内瓦湖。

午餐时，Luca给他们品尝了各色水果白兰地酒，他在果园中造了一个酒厂，这些酒卖到欧洲各地，很畅销。贺培安有意向将这种酒引进国内，所以午后，男人们去参观酒厂，女人们则在孩子的带领下去采摘苹果，也算是体验了一回民风淳朴的乡村生活了。

傍晚，在夕阳的余晖下，他们驱车回到了日内瓦市区。

苏南溪拉着陆春晓坐在日内瓦湖畔的木质桥上，看着远方归来的帆船和灯塔闪着的光亮，嘴角会不自觉地上扬，不需要任何的情话绵绵，就觉得幸福到不行。

湖边的建筑群倒影在颜色深沉的湖中，带着灯火的斑斓。

不远处顾向东拿着自拍杆和贺培安拍照，贺培安一脸不情愿的样子。

苏梓徽和许丛静静地看着这对活宝斗嘴，张嘉义则和宁一在烤鱼，鱼是从附近船上买来的新鲜鲈鱼。

烧烤架上五颜六色的新鲜果蔬，散发着袅袅香气。

几个人的晚餐就这样随意地解决了。

酒店房间里，陆春晓刚洗完澡出来，习惯性地拿着手机翻看。

手机屏幕上提示着有新电邮。

陆春晓打开看——

From 管。

"我查到周韵每个月都会往美国转一笔钱，收款人叫邹月，十年前随丈夫移民美国，没过几年就和丈夫离婚了，现在在美国没有工作，靠着周韵的钱生活。"

他看了看苏南溪，发现她正趴在床上看韩剧："南溪，我去楼下喝杯酒，有点失眠。"

"好。"大概是电视剧中的男主太撩人了，苏南溪连头都没抬一下。

陆春晓笑了笑，然后拿上外套离开房间，到了酒吧，他看了看四周没有熟人，才放心地拿出手机打电话。

国内现在是清晨，电话很快就被接听。

"这个邹月是什么来历？"陆春晓直接问。

电话那头的人似乎在跑步，气喘吁吁地说："邹月以前跟周韵是校友，平时在学校里并没有什么交集，后来两个人一起去了医院实习，成为了同事。在周韵嫁给陆威的第三个月起，她就开始给邹月汇钱了。"

"这么多年。"陆春晓感到诧异，"为什么？"

"我怀疑周韵有把柄落在邹月手里，因为最近这几个月开始，她汇过去的钱翻倍了。"

"究竟是什么把柄居然能让周韵这么心甘情愿地被敲诈多年？"

"我已经拿到邹月的地址，准备尽快去见她一面。"

"管，我跟你一起去吧。"

"可是老板你最近不是在瑞士度假吗？"

陆春晓分析道："我并不觉得你去了有什么用，对于邹月来说，周韵是她的长期饭票，她不可能背叛周韵的。所以，我跟你一起去。"

回到房间，苏南溪在收拾行李，陆春晓抓住她的手，让她面向着自己。

南溪惊讶，轻声问："怎么了？"

陆春晓无奈道："南溪，我有急事要去一趟美国，接下来的行程可能没有办法陪你了。"

"啊？美国那边有什么事吗？"苏南溪的眼中有一闪而过的失望。

"等我解决了再告诉你。"连他自己也是很茫然，不知道是个什么情况呢。

"是生意上的事情吗？需要我叔叔帮忙吗？"

"不是，是私事。"

美国，私事。

苏南溪瞬间就想到了陆春晓的前任——方青瓷。

但是她什么都没再问，怕陆春晓会觉得自己不信任他而生气。

"好吧，那你不要太累着自己，到了给我电话。"

陆春晓被她絮絮叨叨的样子逗乐："你才应该好好照顾自己，不要玩得太疯了，滑雪的时候尽量不要摔跤。"

苏南溪已经很久没滑雪了，摔不摔，这个她还真不敢保证。

"放心。"

其实，有苏梓徽在苏南溪的身边，陆春晓真的很放心，他是个宁可自己受伤也不会让侄女受伤的好叔叔。

"让我抱抱你。"陆春晓英俊的脸庞难掩疲态。

苏南溪张开手臂，抱住陆春晓。

"我下次见到你，你一定要比现在胖。"陆春晓在她耳边温柔轻语。

"好，我尽量。"苏南溪答应。

安抚好苏南溪后，陆春晓就订了明天上午飞纽约的机票。

隔天，陆春晓和苏南溪起了一个大早到酒店用早餐，一顿饭吃得难分难舍。

陆春晓看时间差不多了才回房间拿他的行李箱，然后坐上酒店送机人员的车，赶九点多飞纽约的飞机。

载着陆春晓的车越来越远，苏南溪失落地回到酒店大堂，叹气无数声。

今天他们也要离开这里，坐火车去采尔马特。

一路上苏南溪的情绪都不高，带着眼罩在座椅上装睡，沿途秀丽的风景美不胜收，但与她无关。

坐在前座的苏梓徽脱了自己的羽绒服递给苏南溪旁边座位上的许丛，让她帮南溪盖上，车厢虽然开了暖气，但是如果睡熟了还是很冷的。

顾向东扭过头轻声细语道："昨晚两人估计干柴烈火了一晚上。"

苏南溪被口水呛到，咳嗽了几声，然后气冲冲地拿掉眼罩，眼刀子直接甩顾向东身上："就你话多。"

顾向东注意到苏南溪脸红耳红脖子红，就知道自己说准了，扭过头去。

下午一点半，一行人到达了采尔马特火车站，蓝蓝的天空，一抬眼就能看到马特洪峰，令人兴奋不已。

这座大山里的小镇有随处可见的滑雪客，小镇里到处都是户外用品商店和雪具租赁店，这里没有汽油味，交通工具是电动车、电动巴士或者马车，当然这座小镇也是真的很小，转一圈下来用不了一个小时。

苏梓徽他们先到镇上的木屋餐厅吃饭，壁炉里的火烧得很旺盛，店里工作人员不一会儿就端来了黑羊肉和烤奶酪。据说来了采尔马特不吃黑脸羊肉就是白来，这里的黑脸羊是喝着阿尔卑斯山的雪水长大的，肉质鲜美，没有膻味，搭配着店家推荐的葡萄酒，简直是一种享受。

吃饱喝足后，他们才坐缆车到山上的酒店办理入住，酒店是由石头堆砌而成的，坐落在悬崖边上，以风景好闻名，旁边是座小教堂。

苏南溪和许丛住一间房，窗外就是马特洪峰，这冰天雪地的世界到了晚间更加宁静。

许丛从来没有滑过雪，苏梓徽给她安排了一个女教练，在初级雪道慢慢学着，山上的积雪松而软，如果穿得厚实摔下来是一点都不疼的。

苏南溪和宁一以前都学过，所以试滑了一会就慢慢习惯了，从山顶雪橇道滑下来，苏梓徽他们跟在后面，十几分钟后就到了山下，然后他们再坐缆车上山继续滑下来。

到了傍晚，他们回酒店换衣服，休息了片刻，到餐厅吃晚饭。

苏南溪今天一天都没有机会看手机，连上酒店的 Wi-Fi，看了看微信上陆春晓的留言，嘴角忍不住微笑着。

不过两个人聊了会就因为陆春晓要出门结束了聊天。

苏梓徽调侃："才分开这么一会就想念了啊。"

苏南溪掰了掰手指头："不是一会，是快两天了。"

众人有些受不了地看着她。

"出来的时候是八个人，我们都各自有伴的，结果现在变成七个人，我没伴了。"苏南溪哀怨道。

"苏梓徽不是已经把许丛让出来陪你了么？你还不满意啊？还有我谢谢你哦，把我和小顾凑一对。"贺培安冷冷道。

苏南溪吐吐舌头，决定不再抱怨了。

外面皑皑白雪，夜空静谧，漫天繁星，仿佛触手可及，犹如置身于天堂。

欧洲人曾笑说，上帝是瑞士人，因为他给了瑞士最美丽的湖光山色和夜景。苏南溪觉得这话说得一点都没错。

她对着采尔马特的星空闭眼许愿，她希望陆春晓能够永远地爱自己。

然后她在瑞士当地时间午夜十二点零一分的时候，给陆春晓发了微信。

"亲爱的，一周年快乐！"

彼时，陆春晓和管正坐车前往纽约乡下的一个小镇，车子正穿梭在一条六公里长的公路上，旁边就是森林。

那是个不到 2000 人口的小镇，周边都是农场和树木，有很多的牛和鹿，手机时有信号，更多时候是没有的。镇上只有一条街，邹月上个月搬到了这里，过着离群索居的生活。

陆春晓的心情是有些激动的，因为他觉得自己离那个真相是越来越近了。

因着已经到了苏梓徽的生日，虽然户外的温度很低，但是他们还是临时找了个空地生了火堆。大家在山上放烟火，然后围火堆而坐，聊天喝酒。

火光照亮了每个人，久而久之就不觉得冷了。

苏南溪一口酒下肚，火辣辣的，从嗓子眼热乎到胃，饶有兴致地对在场的单身人士说："我以前混迹马德里模特圈的时候真的认识了很多超级美女，我给你们介绍，牵个线。"

"好啊好啊。"

"不需要。"

贺培安和顾向东几乎是同时说话，不过却是两种不同的反应。

"小贺，你什么情况啊？你是不是有喜欢的人了？你上次去韩国是不是因为女人？"顾向东活脱脱就像个被抛弃了的怨妇。

"是啊。"贺培安承认。

顾向东捂住胸口，觉得自己心好累啊，连忙握住苏南溪的手，下定了决心："快快快，介绍给我，我一定要赶超这些贱人先结婚，太可恶了。"

苏南溪做了个 OK 的手势。

"你第一个结吧，没人跟你抢。"张嘉义说。

宁一不乐意了："不行，他这么吊儿郎当的，哪个姑娘敢嫁给他啊？他结婚还不知道要猴年马月呢。"

对于大家这么不看好自己，顾向东在心里暗暗摩拳擦掌，一定要骗个棕发碧眼的外国姑娘……结婚。

所以之后他开始对苏南溪献殷勤了，当然苏南溪也没让他失望，给他看的姑娘一个比一个美。

一周后，其他人都回到了南城，除了苏南溪和苏梓徽。

苏南溪的身体在连续几天的滑雪运动后出现了异样，苏梓徽带她去了苏黎世最好的医院做检查，许丛本想留下来的，但是苏梓徽没让。然后他打电话让自己的秘书飞来苏黎世照顾南溪，因为他的秘书有很好的法语水平，能够听得懂医学术语。

等苏南溪重新踏上南城那片土地的时候，却觉得已经是物是人非、沧海桑田了。

病了一场后，她虽然没有大彻大悟，但心境上是有些改变的。

当然，南城确实在悄悄地发生了一些事情。

譬如，周韵离开了陆家。

她和陆威离婚了。

苏南溪在听到张妈对她说这件事的时候，有些恍惚，仿佛与周韵的事情是上辈子发生的，那样遥远与模糊。

爱与恨似乎都已经变得不再重要，苏南溪觉得自己没有多余的力气去恨周韵了。

离开苏黎世的前一天，她只身一人去了一个喷泉广场，扔了钱币，许愿今后不再执迷过去，她要展望未来的新生活。

"这些是礼物，你帮我分给他们吧。"苏南溪给了张妈几只纸袋子，是苏梓徽叫他秘书帮着准备的，他事事都为南溪考虑得很周全。

张妈笑容满面地道谢后，替苏南溪关好了门。

她躺在床上给陆春晓打电话。

"是我，我到家了。"

"嗯。南溪，我在开会，我们回家再说吧。"陆春晓很快挂了电话。

苏南溪有些无语，另一方面又觉得他或许真的很忙。

在她最初住院的时候，他提出要来看她，但是苏南溪拒绝他了，只说自己只是做检查，并无大碍的。

后来，陆春晓从美国回了南城，他们每天都会聊天，但又都不会聊很长时间，跟以前谈恋爱相比，聊天热情减了许多。

现在回到家才知道家里发生了这么多事，而陆春晓没有告诉自己就是怕自己会担心吧。

陆春晓的车刚开到家，就看到苏南溪站在门口等他。

等他下车后，她迎了过来。

陆春晓笑，上下打量了一下她："瘦了。"

"当然瘦，割了阑尾嘛。"苏南溪扯着笑。

是了，苏梓徽对所有关心南溪的人说，苏南溪做了阑尾手术。

而真相到底是让苏南溪缓了很久都没能接受。

苏梓徽亦是心情沉重。

两人拥着走进家门，今天是苏南溪回来的第一天，所以陆威也跟他们一起吃的晚餐，他今天的心情似乎不错，饭桌上侃侃而谈，逗得苏南溪哈哈大笑。

回到房间，陆春晓脱下大衣，苏南溪顺手接过给他挂好。

她有些犹豫地问："我听说了，爸妈离婚了。"

陆春晓淡淡"嗯"了一声，并没有往下说的欲望。

"她怎么会同意离婚的？"

陆春晓想了想才开口："大概是觉得这样的生活没意思吧。"

苏南溪有些疑惑。

真的就是这样吗？

不，这一点都不像她的风格，至少在苏南溪的印象中，周韵是怎么都抛不下这些虚荣的。

看到苏南溪若有所思的样子，陆春晓伸手将她拥入怀中："伤口还疼吗？"

"啊？"苏南溪困惑了片刻，随后反应过来，"不疼了。"

"那就好。"陆春晓松开了苏南溪，低头用手捧住苏南溪的脸颊，看着她好看的眉眼，吻了吻她的额头，然后下移到她轻软的唇。

陆春晓加深了这个吻，苏南溪微微闭上了眼，承受着他的柔情。

两个人来到了床边，苏南溪轻轻躺了上去，眼神迷离地看着陆春晓，在陆春晓要来帮她脱衣服时，她却似乎反应过来，伸手握住了他的手，有些难为情地说："手术的疤痕很难看。"

陆春晓不理会她，帮她脱去了上衣，然后就看到了白色的纱布贴在腹部，他皱眉问："真的好全了吗？"他很怕待会动作过大会把伤口撕开。

"没事了，我都休养了这么多天了。"

听到苏南溪这样说，陆春晓就放心了。

而后他慢条斯理地诱惑着她，全程都充满了克制。

结束后，两人平躺在床上喘气，欢愉过后是一阵沉默。

苏南溪原本是想聊些什么的，陆春晓饶有趣味地玩弄着她微卷的发梢，侧过头吻了吻她的额头，用平稳的声调说："睡吧。"

这声音就似有魔力，苏南溪闭上眼，没过多久，就窝在陆春晓的怀里睡着了，伴随着她将近一个半月都没有闻到的熟悉的味道。

陆春晓这几天重新抽烟了，此刻有些烟瘾，但为了不惊扰到南溪，索性就忍住了。

他失眠到了下半夜，南溪的身子已经背对着他了，她似乎在做梦，睡得并不安稳，嘴里轻轻呢喃着："疼。"

陆春晓听清楚了，皱眉起身开了灯，很怕是刚才的行为撕裂了她的伤口。

南溪的身子蜷缩在一起，这种睡姿是缺乏安全感的表现，他轻轻把她拉平，然后一只手撑在她的身侧，掀开了她的衣服，慢慢撕开了那层白色纱布，却没想到那里光滑一片，透着不见光的惨白。

随后，他小心翼翼地帮她重新贴好纱布，心事重重地躺在了她的身边。

她到底在隐瞒什么呢？他是她的丈夫啊。

这一刻，他觉得灰心，因为苏南溪似乎并没有信任自己。

她依赖苏梓徽比依赖自己多得多。

陆春晓站在巨大的落地窗前，看着这座城市的喧嚣与浮躁。

天阴沉着，冷风呼啸，他突然觉得南城的冬天有些不近人情，这么低的温度，起码给点阳光吧，不然心情都要抑郁了。

身边西装笔挺的男子倚靠在红木办公桌上，手中转笔玩，一圈一圈，很有耐心。

他似乎在等什么来打破这份沉默。

良久，陆春晓果然不负他望，率先开了口。

"我最近总是想起送走周韵前，她跟我说的话。"

"什么话？"

"她说，南溪什么都不知道，你别为难她。"

"那么你觉得你老婆真的什么都不知道吗？"

陆春晓轻笑，摇头："这一切都太巧合了，我不相信她什么都不知道。"

"反正你交给我的事，我算是帮你圆满办好了，你们夫妻之间的事情你自己思量吧。"西装男子站直身子，把笔扔在桌上，理了理自己的衣服，然后拿着桌上的支票，对陆春晓说了声谢后就潇洒离开了。

窗外突然飘起了雪花。

这是南城入冬以来的第一场雪，而明天便是平安夜了。

她的妻子很喜欢过圣诞节，去年是他们交往的第一年，她却飞去了马德里陪她爸爸过圣诞节，略微遗憾。今年，她还在苏黎世的时候，就特地打来电话告诉他，她会赶在圣诞节回来陪他，叫他务必要买一棵大一点的圣诞树回来。

现在她大概正在家里指使着用人陪着她一起装饰圣诞树。

有时候她会露出很纯真的一面，不食人间烟火，惹人怜爱，但他却不知道他看到的是不是那个最真实的她。

陆家老宅里，暖意融融，苏南溪手机贴面正在讲电话，这是她今天接到的第三个电话了，都是她的朋友们知道她回来了要来探望她，她在电话里谢绝了这份好意，说心领了。

结束通话后，她继续坐在沙发前裁包装纸包礼物，张妈端来一碗桂花藕粉给她，笑着说外面下雪了。

南溪听了很惊讶，连忙冲到窗前，拉开蕾丝纱幔，窗面上陆陆续续贴着几片六角形的雪花，然后融化。

世界都似乎因为这场雪的到来变得静悄悄的。

她扭过头来笑着对张妈说："圣诞节能够堆雪人简直太完美了。"

陆春晓买的圣诞树很高，上午托司机先生搬来了梯子才好挂彩灯和各种小饰品，圣诞树下放着圣诞老人和雪人毛绒娃娃，壁炉上方挂着几只红色袜子，家里的圣诞节气氛已经很浓厚了。

唱机里放着 *Let's fall in love*。

……

Our love is calling.

I am falling.

Why be shy?

Let's fall in love.

……

我们的爱在呼唤，

我正在沉沦。

为什么要害羞？

让我们相爱吧。

晚间陆春晓回到家，路上的积雪已经很深了，苏南溪正在
厨房里做圣诞节糖霜饼干。

她今天穿着红色毛衣，下面配了一条白色羊毛裙，长发被
扎成马尾，露出饱满的额头，整个人看起来很清爽。此时她正
在用糖霜给饼干上色，她的手很巧，不一会儿原本看上去普通
的饼干就变成了圣诞树、雪人、手套等模样了，精致可爱。

因为太入神，她连身边多了一个人都没察觉到，陆春晓就
这样倚在门框上看着她聚精会神的样子，微微出神。后来她大
概弯腰弯得累了，一只手抵着腰，皱着眉，很不舒服的样子。

陆春晓走过去，手握住她的手："累着了？"

苏南溪被吓了一跳，然后笑了："你走路怎么都不出声的？
吓到我了。"

"我看你抵着腰，腰疼吗？"

"没啊，没有。"苏南溪有些不自在地摇摇头。

陆春晓若无其事地笑了："你继续弄吧，我去看下我爸。"

"好。"

陆威自从跟周韵离婚后，他的心情有些反复无常。

从前周韵在的时候，他看到生气，但是现在周韵走了，他

又觉得自己很孤单，每天连个能说得上话的人都没有了，日复一日，他的情绪越来越消沉了，加之最近气温偏低，他窝在房间里也不愿意出去走动走动，呼吸呼吸新鲜空气了。

在陆春晓叫他坐轮椅的时候，他还是能够走路的，只是腿上的力气已经没办法完全支撑起身体的重量，后来轮椅坐多了，他发现自己腿上的力气越来越小了，这令他感到很沮丧。久而久之，从前不服老的他，慢慢明白，自己的身体状况每况日下，不是说自己不愿意就能停止恶化的，自己重新能够走路的心愿恐怕就是个梦了。

"你把我送到疗养院去吧，在那里我还有朋友可以说说话。"他都想好了，以前玩得不错的朋友现在就被送到光熹疗养院，他去了后，两个人可以做伴，到时候再认识认识新的朋友，可以凑一桌打麻将了。说不定偶尔还能喝点酒，总之比在家里自由许多。

哦，他前些日子在家偷着喝酒，陆春晓知道后发了老大一通火，他目前的状况的确是不能够喝酒的，也许喝着喝着就脑淤血一去不复返了。

"爸。"陆春晓有些意外，"你如果在家觉得无聊，我可以让南溪每天来跟你说说话。"

"我跟一个小丫头有什么好聊的？"陆威笑了。

"张妈他们都可以跟你说话。"陆春晓又说。

"人老了就惹人嫌了，这点自知之明我还是有的。行了，我都决定了。只要你们每个月来疗养院看我一次就够了。"

听到陆威这样说，陆春晓心里不是滋味。

"如果要去疗养院也得等到春节后吧。"

"行。"

陆春晓准备离开的时候，陆威又喊住了他。

"你真的不打算告诉我原因吗？周韵同意跟我离婚的原因到底是什么？"这个问题困扰了他许久，怎么也想不出答案，因为毕竟在他的认知里，周韵是不会这么轻易离开的。

陆春晓的背影震了震，半晌才开口："如果有机会你再见到她，你就听她亲口说吧，至于她愿不愿意对你说，我就不知道了。"

他想，周韵自己也是难以启齿的吧。

如果可以，他想永远都忘记这件事。

只是，记忆这种东西永远也不可能随着心意想忘就能忘记。

苏南溪坐在梳妆台前，打开了右边倒数第二个抽屉格子，从里面拿出了药。

她数了五颗药握住手里，剩余的刚想要放进抽屉里，房间门突然被推开了，她惊得手都在抖，慌忙关上了抽屉，然后假意对着镜子梳头发。

陆春晓走到她身边，看了眼她刚才关上的抽屉，以及她惊魂未定的脸，什么也没说，表情很自然地脱了外套扔在床上。

"爸刚才跟我说他要去疗养院住，我答应他了，年后送他去。"

苏南溪不解，站起来转身面向他："为什么啊？"

"他自己在家挺无聊的，我管他也管得多，所以他觉得索性住过去比较好。没事，不用多想，疗养院里还有朋友陪着一起玩呢。"陆春晓宽慰道。

苏南溪心里有些难受。

"你是不是觉得我在家忽略了爸爸的感受？让他感到寂寞了。"

"你不要多想，你和爸聊天也没有话题啊。"

"春晓，你知道妈现在住在哪里吗？我回来也有几天了，是不是应该去看望一下她？"她略低头，隐藏起自己异样的情绪。

陆春晓目光冷了下来，缓了缓心情说："不知道。"

"咦？"她疑惑抬头，"你怎么会不知道呢？"

"她离开南城了，好像是去 S 市找朋友。"陆春晓说。

苏南溪点头，做了然状。

她之前让苏梓徽去查这件事，他的手下查到周韵确实是去了 S 市，不过还没能查出周韵的住址。

当时苏梓徽打来电话还开玩笑地说周韵可能看上别的男人了，这才急着从陆威身边逃开。

苏南溪也拿捏不准这个可能性的真假。

但总是觉得生活中隐隐地少了什么，是这样的不习惯。

苏梓徽说她作，周韵在眼前了，自己看了心里恨，周韵不在眼前了，还会格外地想念。

苏南溪辩解，她才没有想念周韵，只是不习惯她就这样凭空消失在自己的生活中。

她也怀疑过周韵是不是去纠缠她爸爸去了，但是孟玖说苏平嘉一直都忙着拍戏，没有女人打扰。

"南溪，你有没有什么事情想要告诉我？"

"什么事？"

"没什么。"

"你下去吃饭吧，我去趟卫生间。"苏南溪对陆春晓说。

他们的卧室里就有卫生间，但是苏南溪就好似忘记了一般，去了外面的卫生间。

陆春晓蹙眉，打开了方才苏南溪匆忙关上的抽屉。

那袋子药就这样映入眼帘，好像有几百颗，没有药盒子，没有任何文字。

他从里面取了几颗出来用面纸裹好，放进了自己的手提包里。

而慌乱走到卫生间的苏南溪，松开了已经汗湿的手心，将那五颗药冲进了马桶。

心突突跳着，仿佛下一秒就要蹦出来似的。

那一刻，她的心里涌过一丝愧疚，对苏梓徽。

因为她是这样的不乖，不听医嘱，任性地只想着自己。

即便是在她心目中强大如苏梓徽，向她保证她一定会没事，她也没有办法从自己生病这件事走出来。

她害怕自己越来越丑，还怕周围的人发现她变得越来越丑。

那个周围的人不是别人，而是陆春晓。

如果细心如陆春晓，他就会发现自她回来之后就再也没有走出过陆家老宅。

她终究是变得不一样了，害怕见人，还怕别人见到她，发现她的憔悴。

于是她爱上了穿红色的衣服，每天即便什么都不往脸上抹，也得涂个口红添点气色。

平安夜恰逢周五，这天中午，陆春晓给集团的人都放了假，让他们早点回去过节。

南城的雪依旧在肆无忌惮地飘着，早上来上班的同事有不少人都摔跤了。

陆春晓开车开得很慢，路上在堵车，回到家的时候已经过了饭点。

苏南溪在房间里午睡，房间里什么灯都没开，窗帘把外面的光亮遮得死死的。

她依旧是那缺乏安全感的睡姿。

陆春晓翻了翻苏南溪的梳妆台抽屉，除了那些没有名字的药并没有其他特别，他又表情自然地打开衣柜，翻了翻，最后视线落在他俩的保险柜上。

输入密码后，保险柜哒的一声打开，吵醒了床上的苏南溪，她一脸茫然地坐在床上看着陆春晓，睡眼惺忪："你回来了啊？"

"嗯。"陆春晓淡淡地回。

保险箱里是一些现金、房契地契和苏南溪那些贵重的珠宝首饰。

"你在找什么啊？"苏南溪好奇地问，起身下床走到镜子前理了理自己睡得乱七八糟的头发。

"没找什么。"陆春晓尽量让自己表现得很自然。

"吃过午饭了没？"

"还没。"

苏南溪套上外套，下楼让张妈给他准备午餐。

陆春晓又在房间找了会，还是没有找到苏南溪的住院报告。

他上午去了医院一趟，原来苏南溪梳妆台抽屉里的药是醋酸强的松龙，是一种激素药。医生告诉他醋酸强的松龙是用来治疗自身免疫系疾病和器官移植后排异反应的，陆春晓排除了第二种，他可以确定苏南溪并没有做什么器官移植手术，但是医生需要他找来苏南溪的病例报告才能知道她到底生的什么病，因为醋酸强的松龙在治疗自身免疫性疾病的范畴很广。

他给管打了电话，让他帮他去一趟苏黎世打印一份苏南溪的住院报告。

管在电话里抱怨："本来还想好好放个假，去海边玩的。算了，我去苏黎世度假吧。"

挂了电话后，陆春晓下楼，饭桌上摆着两菜一汤，还冒着热气。

苏南溪坐在他旁边陪着他一起吃，她中午吃的都消化得差不多了。

陆春晓心不在焉的，苏南溪给他夹菜，他回过神来把菜都吃掉。

"最近是不是工作不顺利啊？"

"有点。"陆春晓随口说。

忽然，他看向苏南溪："南溪，你最近脸色好像苍白了许多，你是不是生病了啊？"

苏南溪下意识地用手贴面，情绪有些紧张："我没什么不舒服的啊，我脸色真的很差吗？"

"有点。"

苏南溪慌忙放下碗筷，跑上楼，看了看镜子里自己的脸，还好啊。难道说自己看习惯了自己的脸就不觉得苍白了？于是她便涂了点腮红在脸上。

傍晚的时候，陆春晓看着外面银装素裹的世界，忽生兴致走到雪地上，滚起了雪球。

苏南溪在落地窗前静静地看着他玩，外面树上的彩灯已经亮起来，张妈他们都带着圣诞帽在准备圣诞节大餐。

陆威笑着对苏南溪说："你陪着春晓一起去玩啊。"

苏南溪看了看自己穿得这么单薄，还是决定不去了，怕冻感冒了。

陆威自顾说起来："小时候，每次下这种大雪，春晓都不许家里人把雪扫掉，他说要堆雪人玩，没想到现在他都这么大了，还有这种玩心。"

苏南溪想起了小时候，她跟小哥哥两个人在雪地里打雪仗，小哥哥一点都没有让她，在她的头发上和身上都撒满了雪，她活脱脱就成为了一个雪人。小哥哥拍手笑着，然后在一旁堆起了雪人，他滚的雪球总是既干净又光滑，不像她滚的，总是有各种棱角，小哥哥说，那是因为她手小的缘故。

后来长大后，苏南溪的手相比同龄女孩来说还是显小。

陆春晓很快就堆好了一个大雪人，带着满身风雪进屋子，粗粗地喘着气，虽然脸冻得红扑扑的，但是却是很久都没有这样开心地笑过了。

苏南溪温柔地笑着，帮他拍掉头发上和衣服上的雪，握着他的手给他捂手。

看他们相处得这么融洽，却觉得缺了点什么，陆威恍然，发话：

"你们明年要努力，早点给我抱个孙子。"

两人皆是一怔，望着陆威。

随后，苏南溪有些害羞地笑了，去了厨房帮忙。

陆春晓表情如常地走到陆威旁边的沙发上坐下，喝了杯热茶。

他和苏南溪会有孩子吗？

他不知道。

元旦那三天，陆春晓陪着苏南溪回苏家住了。

傅佩芳老嚷嚷着南溪瘦了，要多补补，然后就领着家里老用人在厨房里忙活了一下午。

陆春晓陪着苏东学在客厅里下棋，苏南溪安安静静地坐在旁边看着，时不时地帮着添茶倒水。

晚间，苏梓徽带着苏平嘉回家来，他正好去机场送许丛就顺便问了问自己老哥的航班，在机场等了一个小时把人接到了。

傅佩芳这段时间是知道他和许丛住在一起了，笑意盈盈地去看，然后有些失望地问："怎么没把许丛带回来啊？"

"她飞海南了，说很久都没去看望她爸爸了。"

"那你怎么也没跟着去啊？"

"我这不是怕你想念我嘛。"苏梓徽笑说。

傅佩芳嘴上没说什么，但是心里可开心了。

苏平嘉也跟着笑。

傅佩芳视线落在他身上："你是爱上演戏了啊？每天只知道拍戏拍戏。"

"妈，这是我喜欢做的事情，你就理解一下我吧。"眼见战火转移到自己身上了，苏平嘉连忙讨饶。

"我还不够理解你啊？你当初放着好好的建筑师不做去做模特，我不是也忍了那么多年了嘛。"

苏南溪走过去，凑到苏平嘉跟前说："我可是最近一直都有关注你的动态哦，粉丝们把你和在剧中的弟弟凑成 CP 了。"

"什么是 CP？"傅佩芳问。

"就是观众给自己喜爱的荧屏明星凑对，幻想成情侣。"苏南溪解释。

"那怎么不给配对个女的啊？"傅佩芳抱怨。

"女的跟我爸不配。"苏南溪嘻嘻笑着。

"胡说八道。"

一家人说说闹闹的，傅佩芳看着开心，家里已经许久没有这么团圆过了。

"明年让你经纪人给你少安排点工作。"

"这你直接跟你二儿子说吧，我卖身给他了。"

苏梓徽叹了一口气，一本正经道："为了把你捧红，我公司可是出钱出力出人，你总得给我把送出去的钱都给赚回来吧。"

那边客厅里，陆春晓放水严重又让苏东学赢了，苏东学明知道这个孙女婿是故意的却还是开怀大笑。

深夜，陆春晓坐在苏南溪房间里的沙发上，茶几上放着他的电脑，此刻他正聚精会神地在看着什么东西。苏南溪洗完澡要坐到他身边去，刚想要看他在看什么，陆春晓就合上了电脑，面不改色地说没什么。

等到苏南溪趁着陆春晓去卫生间的时候，偷偷打开电脑却发现要输入密码才能进去，她抱着试试看的态度连输了几个密码都是错误的，于是心情烦躁地又合上了电脑。

她和陆春晓自结婚以来，一直都尊重彼此的隐私，从不会翻看对方的手机、电脑，但是最近这段时间陆春晓似乎把自己的密码都给换了，女人的第六感悄悄涌上心头，直觉告诉苏南溪，陆春晓有事了。

站在花洒下洗澡的陆春晓心里就像被猛锤砸了一般，管的办事效率很高，有了他这个苏南溪监护人的委托书后，管很容易的就打印到了苏南溪的住院报告，并找了翻译员翻译成了中文给他看。

原来，苏南溪在瑞士做的手术不是切除阑尾手术，而是肾脏活检术。

苏南溪的病理报告中显示她是 IGA 肾炎三级，所以她才需要吃激素药。

知道她生病了，陆春晓的心情有些沉重。

接下来的日子波澜不惊，按部就班，简单而又有规则。

白天，陆春晓去上班，苏南溪在房间发呆。

晚上，陆春晓下班回来，他们坐在一起吃饭，并没有太多的话说。

后来春节期间，陆春晓带着苏南溪去亲戚家拜年，席间百般呵护，夹菜挡酒，这对恩爱夫妻看得别人一阵羡慕，他们这些人的家族中从来就缺乏恩爱夫妻，夫妻间的结合通常都是父母之命，不是因为爱情，而陆春晓和苏南溪的结合倒像是变成了楷模，值得人效仿。

把陆威送去疗养院的那晚，陆春晓独自坐在餐厅喝醉了酒，苏南溪在房间里等了很久都没见陆春晓回房间，等她下楼来找的时候，却发现他已经喝多了趴在桌上睡着了。她走过去叫醒了他，然后扶着他上楼，后来实在没力气了，让陆春晓瘫坐在地上，她休息好后再要去扶他，他却把她一把推开了，用一种很陌生的眼神看着她，带着伤痛感。

他说："你走开。"

苏南溪愣了愣，觉得有些受伤："你在跟谁说？我是南溪啊。"

陆春晓沉静的眸子就这样死死盯着苏南溪，有些骇人。

等到苏南溪再去扶起陆春晓时，他也只是静静地任由着她。

就好像方才那句冷冰冰的"你走开"是苏南溪的幻听。

也许他是把她当成别人了，苏南溪想。

酒醉后的他，对她粗鲁狂野许多，苏南溪有些承受不了。

刚想要叫他轻一点、慢一点的时候，她听到他喊了一声："青瓷。"

那一刻，苏南溪觉得自己就像被雷击中了一般，屈辱感袭击了她的四肢百骸，她流着汗想要推开他，他却似乎跟自己较上劲了，钳制住她的手，有些不耐烦。

"你刚刚在喊谁的名字？"苏南溪咬着牙问。

没有回应。

苏南溪咬上了他的脖子，很用力很用力，他却似乎没有痛感，动作更快了。

两人达到高潮后，陆春晓离开了苏南溪的身体，背对着她睡。

不多久，陆春晓平稳的呼吸传入耳中，苏南溪紧紧地握住自己的被子，感觉周身是这样的冷。

他是把她当作方青瓷了是吗？

怎么会这样？

她捂住嘴哭着，情绪彻底崩溃。

后来断断续续地睡着，做着乱七八糟的梦，醒来时，她看到陆春晓正盯着她看，看到她醒了，才不自然地扭头看向别处。

"酒醒了没？"苏南溪冷冰冰地问。

陆春晓有些诧异地看向她，不解。

苏南溪坐起身来，掀开了陆春晓的被子："你昨天怎么可以那样对我？"她抑制不住自己的愤怒，只要一想到昨天那一幕，她就屈辱得想毁灭陆春晓。

陆春晓一脸茫然："你发什么疯啊？"

"你怎么可以这样对我？"她激动地用手捶打他的胸。

陆春晓捉住她的手，将她推到一边，自己下床穿衣服了。

"别胡闹。"他冷冷地丢了这三个字，开门离开。

苏南溪平躺在床上，眼睛睁得老大的，望着头顶的吊灯，眼角流下了痛楚的眼泪。

"陆春晓，你浑蛋。"

当晚，他送了她花，他似乎始终都没明白她为什么会那么愤怒，而她亦觉得再难启齿，连责问都没有了勇气，两个人就这样莫名其妙地好了。

不过在苏南溪的心中，那晚到底是成为了她心里的一根刺，想到就疼。

往后，他们的争吵也多了，苏南溪不喜欢陆春晓抽烟，一方面是因为她的身体原因不能闻烟味，另一方面她想生个孩子。提及孩子，陆春晓依旧是反对的，他的眼神透着古怪，就好像在说你是疯了吗，然而最后他什么也没说，离开了房间，留下苏南溪一个人。翌日，她去书房，数了数桌上烟灰缸里的烟头，有些无力。她越不让他做的事他就越做，仿佛在跟她对着干。

第六章

心和胃总要有一个
地方是暖的啊

春天回暖的时候，南城接连下了两天雨后又紧接着下了一场雪，不过雪没积下来就化开了，南城气温掉了一大截，一连几天都没回升上去。

宁一之前约苏南溪出来玩约了好几次她都没应，后来她说有重要的事情要告诉她，万分紧急的样子，苏南溪才勉勉强强答应她出来喝下午茶。

约的是两点半，苏南溪提早到了半个小时，点了一杯咖啡，悠哉游哉地喝起来。

外面的阳光透过玻璃照在她身上和脸上，没有一点温度。

十分钟后，咖啡馆里又进来一个人，苏南溪探头望，跟她招手："这里。"

宁一刚坐下，还没点单就迫不及待地说："猜猜我昨天在机场碰到谁了？"

"谁啊？"苏南溪问得随意。

"你老公。"

苏南溪手中的动作停了停，皱眉："他去机场做什么？"

"接人，接……"宁一顿了顿，有些踌躇。

苏南溪感到隐隐的不安："接谁？"

宁一觉得为难，却还是得说："我的老朋友，方青瓷。"

苏南溪心里咯噔了一下，那是个遥远的名字，久远得她差点就忘记了这个人的存在，却在这个风尖浪口，突然大驾光临。

是因为旧情人回来了，所以陆春晓昨晚才没有回家吗？她以为他最近在为银行贷款的事情着急上火，应酬得晚了就睡酒店了。却没有想到，是另有隐情。

佳人在侧，他舍不得归来了。

宁一安慰："南溪，也许就是凑巧，他们在机场偶遇了。"

苏南溪摆手："不，没有那么简单。"

她瞬间联想到他们最近的争吵，除了孩子还是孩子，她真的等不下去了，可是陆春晓一直都在敷衍她，最近的一次，他吵得不耐烦了，直言他就是不喜欢孩子，就是不要生孩子。

没有他的努力，她自己一个人也生不了孩子啊。

她有苦难言，眼泪直落，他却显得很烦躁，直接打开门走出去了。

很久，他都没有再回来，苏南溪坐在床上，身体都僵硬了，然后她下床去楼下找他，看到他坐在吧台前喝闷酒。

"你不爱我了吗？"苏南溪走到他身后，她伸手想要触碰他的后背，可是又在他不耐烦的转身之际快速收回了手。

"总是把爱挂在嘴边，苏南溪，你真是烦透了。"他的眼中有一闪而过的厌恶。

"可是……"她的话还未说出口，就被陆春晓的双手紧紧抓住了肩膀，他用力捏着她的骨头，眼神暴戾，"苏南溪，我们不会有孩子，你最好有这样的觉悟，不要再跟我继续闹了。

你要是实在喜欢孩子，你可以领养一个，你自己带。"

"你什么意思？"

"就是字面意思。"陆春晓甩开她，径自离开。

他为什么就是不懂呢？她是因为爱他，才会想要给他生一个孩子啊。

苏南溪双手掩面，终究是失控蹲下恸哭。

那一天，她终于确定了一件事。

陆春晓变了，不是她无理取闹和胡思乱想，是他真的变了。

他再也不会耐心地哄她开心，他不会再提早下班回家陪她，他总是各种借口的忙忙忙，如果她再说什么，就是她不懂事似的。

他们睡觉的时候，陆春晓再也不会拥抱她，而是背对着她，他似乎总是心事重重，却从来不对她吐露半分，就连睡着的时候，眉头都在皱着。

那晚她悄悄地盯着他的睡颜，伸手抚平那眉心的褶皱，不小心趴在床边睡着，而醒来时他已经不在，他没有把她抱到床上，甚至也没有给她盖一床被子，她之于他，是透明人的存在吗？苏南溪被气哭。

其实，她知道最近陆春晓的压力有很多是来自苏梓徽的。

陆春晓出版社往年出版的教科书被政府收回资格，然后是他投资建设的荣公馆二期被银行卡了贷款，那边大概是受了苏梓徽的意思办事，陆春晓已经在考虑卖掉他名下的酒店和出版社甚至是南城书店来筹措资金。

其实他只要改变对苏南溪的态度，苏梓徽自然会松手，可是他就是铁了心的要跟苏南溪闹。苏梓徽打压他的气,他似乎都撒在了苏南溪身上。

过去的这段时间,对于陆春晓,她觉得他越来越陌生,她问过很多次自己,为什么会变成这样?每当她问过自己之后,她就会做事更加得体,对人更加和善,对陆春晓更加体贴和耐心,尽管陆春晓并不领情。

他不需要她为她打领带,不需要她给他端茶递水,不需要她陪他到家门口送他上班,不需要她为他学会做菜做饭,不需要她晚上不睡等他回家……他的脾气变得越来越怪异,他们的距离变得越来越远。

他很少再碰她,偶尔的几次都是在苏南溪的安全期。

如今,苏南溪想,也许她终于找到了原因。

哦,为了方青瓷啊。

她的内心就像住着一只洪水猛兽,即将吞噬她所有的理智。

"宁一,我先走了。"她要立刻去见陆春晓,她有很多问题要问他。

"我送你吧。"宁一追上。

"不用了。"

她今天开了一辆宝马小跑,原本她们是打算喝个下午茶,一起去做个 SPA 的,现在却只能到此为止了。

最后宁一还是不放心,不等苏南溪同意,她就钻进了副驾驶,系好安全带,因为苏南溪的气色和精神都很不好,她像是受到了极大的打击,如果她在路上出了事,宁一肯定是吃罪不起的。

苏南溪开得很快，尽管是在车水马龙的市中心，也还是一路疾驰到陆春晓的公司。

她很少过来这里，前台甚至都不认识她，问她有没有预约。

"没有。"

"那不好意思，您先预约吧。"

"你告诉陆春晓，我是苏南溪，是他老婆。"苏南溪气急。

前台打了个内线电话，挂了电话后再看向苏南溪，支支吾吾道："陆夫人，陆总说有什么事等他晚上回家说，他现在正在开会，不方便见你。"

苏南溪冷笑了几声，自己的犟脾气上来任谁都别想阻拦她的。

"我自己上去找他。"她就是要现在、立刻见到陆春晓。

宁一见状，忙打电话给苏梓徽，简单地说了下现在的情况，然后才去等电梯上楼。

苏南溪进到电梯里，有人进来时，她问那人知不知道会议室在哪一层，得到自己想要的答案后，她微笑着道谢，等那人出去后，她的笑容立刻就消失不见了。

推开了会议室的门，里面的人都望向她。

首席的陆春晓站起身来，面无表情地对现在发表讲话的人说："继续。"然后自己就出来了，他揽着苏南溪的肩膀快步走到自己的办公室，接着用力地关上门。

"你越来越无法无天了，你到我公司来做什么？有什么事我也说过了，等我回家再说。"陆春晓气急败坏道。

苏南溪催眠自己要冷静。

"你昨天睡哪里了？"

"呵……苏南溪，你现在这个样子真的很像一个盛气凌人来捉奸的贵妇。"

"你不打自招了？"

"无理取闹，我跟你电话里说过，我睡酒店了。"陆春晓口气不善地说。

"就你一个人？"

"不然呢？"陆春晓怒气冲冲地反问。

苏南溪大吼："我不信。"

"我不需要你相信。"

"陆春晓，你再说一遍。"苏南溪瞪着他，砸掉他桌子上的杯子。

陆春晓并没有相让，气势逼人地握着苏南溪的手，眸子里是熊熊的烈火，他的嘴角微微上扬："那么，你想听我说什么答案？"

"有人看到你去机场接方青瓷了。"

"所以你觉得昨晚我和方青瓷睡了？"

"这要问你啊。"

"那么，就如你所想吧。"陆春晓咬牙切齿道。

苏南溪挣脱开他的束缚，甩了他一巴掌，双眼通红："陆春晓，你……不要脸。"

她这一巴掌用了些力气，陆春晓的脸颊上瞬间就红了。

陆春晓冷冷地笑了："我再告诉你一个消息，我已经聘请方青瓷到我公司上班了。"

"你怎么可以这样对我？我是你老婆啊。"

"苏南溪，你大可以继续去向你那了不起的叔叔告状，我不在乎。"

"……"

她已经很久都没去对苏梓徽说什么了，这是她自己的婚姻，苏梓徽就算再有能耐，他也没办法帮自己经营婚姻啊。她憋着眼泪，不让它流出来，绝望地看了一眼陆春晓，然后转身离开，手捂着胸口的位置，那里真的好疼，眼泪汹涌落下。因为爱情，她是这样的无能为力。

她开门出去的时候，宁一就站在总裁办公室外面。

苏南溪小跑着过去抱住了她："他承认了，他承认了。"

她哭得像个泪人，宁一心里也不好受，毕竟当初是她帮苏南溪追求了陆春晓。认识陆春晓那么多年，他一直都是很好的男人，却没想到有一天也会变成这样。

宁一陪着苏南溪坐在车里，静静地，谁也没有说话。

苏南溪红着眼在发呆，宁一松了一口气，她只要不流泪就好，不然待会把她交给苏梓徽时，免不了要被说。

附近停车位上的人在按喇叭，宁一起初没在意，后来回首看了看，发现是苏梓徽。

他下车径自向她们走来。

他把苏南溪从车里拽出来的时候，苏南溪受到了莫大的惊吓，在看到来人后，她惊魂未定地甩开了苏梓徽的手臂，然后手足无措地指着苏梓徽，泪流满面："是你把他逼得太紧了，他才会离我这么远。"

苏梓徽冷哼："苏南溪，你不能每次出了什么事不在你们自己身上找原因，反而赖在我身上啊。"

"可是我已经很努力了，为了他，我什么都尝试了。为什么还是不行呢？"

宁一默默摇头，离开，留下这对叔侄"对峙"。

"你是我苏梓徽的侄女，是我苏家的宝贝，你是不是把自己的身段放得太低了，爱一个陆春晓需要这么卑微吗？"苏梓徽说出这话的时候似乎忘记了自己当初在爱情的波涛汹涌中也是同样的卑微。

书上说爱情的双方都是平等的，那些都是屁话，爱得深的那一方就是低如尘埃。

苏南溪买了不少关于经营婚姻的书看，都不管用啊。

"我还能有什么办法？他出轨了。我越是盛气凌人，他就越会讨厌我。"

"你说什么？"苏梓徽一个冲动踢上车门，这辆车是以前陆春晓送给苏南溪的，正好用来出气了，要是放在平日里，苏南溪肯定要骂他，这辆车她很宝贝的，但是现在，她没有那个心情了。

"他的初恋情人昨天回来了，陆春晓亲自去接她，然后陆春晓就没有回家，他们睡酒店了。我刚才去质问陆春晓，他承认了。"苏南溪泪如雨下。

"苏南溪，这种男人你还不分留着过七夕吗？"

苏南溪瞪着他，执拗地说："不分，我死都不要分开。"

晚上，陆春晓回到家，在车库里看到苏南溪的车后怔了怔，她居然没有到苏梓徽那去住，而是回家了。

陆春晓走进家门，就看到苏南溪站在楼梯口，表情平静地问："吃过晚饭没？"

陆春晓没有理会她，而是绕过她上楼，去了书房。

苏南溪并没有追上来，她去了厨房，在陆春晓回来前，她跟张妈学会了煲鸡汤。

她去舀了一碗鸡汤端上去给陆春晓。

陆春晓抬头，就看到苏南溪笑意盈盈地朝他走来，微微皱眉，这么风平浪静，仿佛下午苏南溪到他公司的那一场大闹是他幻想出来的。

"喝碗鸡汤吧。"苏南溪热切地说。

陆春晓没说话，扯掉了领带，端碗喝了一口鸡汤，差点没把他的舌头烫掉。

苏南溪哎呀了一声："不好意思啊，我给你吹冷了再喝。"

"不喝了，端走。"陆春晓懒得再理她。

午夜梦回时，苏南溪微微睁开双眼，室内一片漆黑，身边已经空无一人。她坐起身，掀开被子，赤脚下床，想去看看他去哪里了。

然后她就看到他微微驼着背坐在楼梯口，在抽烟。

她看不到他的脸，但也能猜出来，他的神情一定很落寞。

苏南溪背倚靠在墙上，手捂着嘴，闭着眼流泪，不让自己发出声音来。

但后来，她还是不小心发出了一声哽咽，她不知道是不是被陆春晓听了去，慌忙回到了房间。

苏南溪一夜未睡，因为陆春晓没有再回来身边睡。

她拖着疲惫的身子下楼，看到陆春晓平静地坐在餐桌前吃早餐，目不转睛地盯着平板电脑刷新闻。

她坐在对面，用人送了一杯热牛奶。

两个人都没有说话。

苏南溪觉得自己做得够多了，若是再恬不知耻地靠近他，不说陆春晓嫌烦，她自己都要鄙视自己了。

昨天她跟苏梓徽说，她以后绝对不会再跟陆春晓闹了，太累了，就算陆春晓以后再做什么出格的事情，她也不会再说什么了。

如果最终两个人只能做这样的夫妻，那么苏南溪也甘愿了，至少她真的努力过了。

陆春晓对苏南溪说他聘请方青瓷到公司上班不是说的气话。

方青瓷回来后在南城找了一间两居室，离陆春晓的公司很近，打算再休息几天倒倒时差就正式去公司报到。

其实她在美国已经有了薪资很好的工作，但是在收到陆春晓的电邮后，她还是想回来。

毕竟在她已然放弃的时候，是陆春晓来招惹她的。

安定好后，她收到了宁一的微信。

宁一：知道你回国了，我们见一面吧。"

方青瓷：好。

宁一和方青瓷，准确来说曾经是很要好的朋友，然而因为人生观、价值观上的差异就渐渐远离了，现在变成即便拥有通讯方式也不会随便联系的朋友。

早年的情谊早已不存在，彼此都心知肚明。所以方青瓷知道宁一约她，一定是为了陆春晓的事情，听说她现在和苏南溪那个圈子里的人玩得很好。

叙旧咖啡厅，位于一条仿古小巷中，宁静安逸，远离了城市的繁华喧嚣，四周鸟语花香，一派闲适。

店里养了十只猫，它们倒不会随意乱跑，只是慵懒地躺在店外的花丛里晒太阳。

宁一赶到的时候，方青瓷已经坐在角落的沙发上，悠闲自在地搅拌着咖啡。

小野丽莎的歌声空灵美好，传入耳中，真是种享受，方青瓷跟着旋律轻轻哼着。

宁一在吧台点了一杯拿铁，然后坐在方青瓷对面的沙发上，淡淡笑着："好久不见。"

方青瓷嘴角挂着笑，把这一段歌哼完才抿了口咖啡，对宁一说："嗨……想聊什么呢？"

宁一也不绕弯子了："你和陆春晓和好了吗？"

"和好？"方青瓷仔细咀嚼这个词，没有否认也没有给予肯定，只淡淡笑说，"这跟你有什么关系呢？"

"他现在可是有妻子的人啊，你怎么能去做他们婚姻的第三者呢？"宁一提醒。

"我知道啊。"方青瓷不在意地说，"宁一，我对他早就死心了，在我回国找他，他带着苏南溪到我面前告诉我他们领证之后，我被伤得体无完肤，发誓我要努力在美国生活下去，活得有声有色。可是，也许是他们的婚姻真的出现问题了，这次是他来找我的，而我只是顺从我的内心。"

"你就不怕再次受伤吗？"

"会吗？"方青瓷轻笑，"那就当我再傻一次吧。"

"他以前那么爱苏南溪，可现在还不是一样变心了。"宁一哀叹了一口气。

方青瓷微微笑，其实他去机场接她，她又何曾不吃惊呢？

他对她的温柔态度，让她有过一丝错觉，仿佛回到了当年上学的时候。

可是分开过毕竟是分开过，以前她还可以很肯定地拍胸脯保证她很了解陆春晓，现在他把自己隐藏得那么深，她是看不透他了，不过她也不打算拿出自己的真心，权当陪他玩玩了，看他心里在打什么主意。

方青瓷和宁一分开后，回到家就看到陆春晓站在门外，抽烟。

上学那阵子他是抽烟的，不过后来他戒了，没想到现在还在抽。

方青瓷走过去打开楼道的窗，散散烟味，才拿钥匙开门进家门，陆春晓低头捻了烟，跟了进来。

"要换鞋吗？"陆春晓看着光滑干净的地板问。

方青瓷从鞋柜里拿出了一双一次性的拖鞋递给陆春晓，然后去厨房烧水："我这里啥都没有，一杯白开水可以吧。"

陆春晓点头。

"你好像有心事。"方青瓷试探性地问。

"没有。"陆春晓不承认。

"怎么重新开始抽烟了？你不知道抽烟的人容易得癌症啊。"

陆春晓轻笑，不回答。

看了看四周的环境，房子虽然小，但是布置得还挺温馨。

"你在美国交男朋友了吗？"

"有人在追我，我还在考虑中。"

"我想请你帮我个忙，可以吗？"

"可以。"

"你不问我是什么忙吗？"

"顶多把我给卖了，反正我当初拿了你继母一大笔钱，就当我还债了。"方青瓷轻巧地说。

陆春晓再次沉默了。

方青瓷渐渐敛去笑容，是的，陆春晓真的变了，她发现了。

由苏梓徽和陆春晓共同投资拍摄的电视剧《长生天》播出后，无论是收视率还是话题度都稳占第一，一时之间，大家都在刷这部剧，大有一种全民都在看《长生天》的趋势，剧中原先的演技派自是收获更多的人气，广告片约、大制作电影不断。而苏平嘉虽然只是个男 N 号，但是因为在剧中形象正面讨喜，加之之前上真人秀收获的人气，一跃成为了二线演员，不想红都难。

因为这部剧获得了前所未有的成功，苏梓徽决定要开庆功Party。

虽然目前他和陆春晓正处于表面和气背后不和的状态，但是他还是邀请了投资人之一的陆春晓，并让他携伴参加。

弦外之音就是：把你老婆带着，和和气气的，不要再闹什么幺蛾子了，叔给你机会了，你可一定要把握住啊。

苏梓徽在邀请陆春晓之后就给苏南溪打了电话告诉了她这件事，同时也要她在那天一定打扮得好看点，到时候在场的有不少女明星，不要被比下去了。为此，苏南溪还特地到宁一的店里左挑右挑才选中了一件礼服，并早早地就开始护理皮肤了。

但陆春晓始终都没有提这件事，随着日子的接近，她的心也渐渐冷淡了，大概也明白了他是没打算带自己参加的意思。但她也没有想到，陆春晓并不是一个人出现在庆功 party 上的，他的身边还跟着方青瓷。

苏梓徽看到他们携手走进会场时，气得差点吐血。所有人都知道陆春晓娶了苏家的小姐，但他出现在公众场合不带妻子，反而带着据介绍说是下属的方青瓷，这是要置苏南溪于何地？

陆春晓存心让苏家丢脸，苏平嘉没有那么好的忍耐力，直接放下高脚杯，冲上去一拳打倒了陆春晓。

苏梓徽赶紧过去，拉住了苏平嘉，将他带离，周围窃窃私语不断。

方青瓷拉起陆春晓，看着他流血的嘴角，啧啧摇头："活该！"

陆春晓用手抹了把嘴唇，觉得痛快，继而咧嘴笑了："今晚不醉不归。"

"好，我陪你。"

因为苏梓徽离不开会场，所以是苏平嘉开车去的陆家。

陆家灯火通明，和往常一样并没有什么异样。苏平嘉匆匆走进去，在餐厅里看到了独自吃着烛光晚餐的苏南溪。

一身华服，头发盘了起来，戴着皇冠，她的脸上化着精致的妆容，此刻正低头认真切着盘子里的牛排，慢条斯理地往嘴里送。

苏平嘉松了一口气，没哭就好。

只是他快要哭了。

苏平嘉轻轻喊："南溪。"

苏南溪抬头迎上苏平嘉的目光，与他对视，倏尔笑了："爸爸，你怎么来啦？"

"爸爸来看看你。"苏平嘉坐在她身边的椅子上。

"吃牛排吗？"苏南溪问。

"嗯。"

苏南溪开心地去厨房拿，她本就做了两份，本来还想着自己今晚得多吃点了，现在好了，有人可以帮着解决了。

放好餐盘，摆好刀叉，给苏平嘉的空杯里倒了一杯红酒，苏南溪才坐回座位上。

她笑着举杯："干杯！"

苏平嘉举杯跟她碰杯。

他的南溪正在故作坚强，强忍着不哭呢。苏平嘉心里一阵疼。

"爸爸，你是从庆功宴特地赶过来的啊？"

"嗯。爸爸怕你一个人孤单。"

"我爸爸真好。"苏南溪笑着说。

半个小时前，她收到一张照片，陆春晓携手方青瓷，郎才女貌，甚是般配。

而发给她照片的，就是方青瓷。

吃完晚餐后，苏南溪又开始收拾餐盘，这些本可以交给用人做的，但是她今天想自己做。

苏平嘉在一旁静静地看着她洗盘子的每一个动作，水声哗哗流着。

苏南溪把盘子放进消毒柜里，然后转身笑着问苏平嘉："爸，要喝茶吗？"

"好啊。"苏平嘉勉强笑着。

他们坐在沙发上，苏南溪拿出茶具放在茶几上，苏平嘉看着苏南溪用温水过了一遍杯子里的茶叶，然后倒掉，等矿泉水烧沸至80摄氏度的时候，再次倒入杯中，此时芽叶细嫩的绿茶泡出的茶汤嫩绿明亮。

苏南溪端起杯子递给苏平嘉。

"茶味很鲜。"苏平嘉评价。

苏南溪微微笑了。

两人品着茶，苏南溪看了看客厅落地钟上的时间，对苏平嘉说："爸，九点了，你回去吧。"

"你跟不跟爸一起走？"

"我能走去哪里呢？不管再怎么逃避，我最终还是要回到这里的啊。"苏南溪已经看开了。

"如果真的很难过，就分开。"

苏南溪脸色变了变："我不允许别人劝我分开，就算是爸爸你也不行。"

"为什么？陆春晓一副破罐子破摔的样子，他根本就不想跟你过下去了。"回想今晚陆春晓给苏家的难堪，他还是气得牙痒痒的。

"我只要想跟他过下去一天，我就不会离婚，他就算再怎么厌恶我，他也不能跟我离婚。"

就算彼此怨恨，那么也要这样继续走下去。

"你这又是何必呢？"

"我相信他会回心转意的，他只是现在有些迷茫了。"苏南溪希冀道。

苏平嘉知道自己说服不了这个倔丫头，也不想再继续待下去了："陆威最近身体怎么样了？"

"在疗养院被服侍得好好的。"

"那就好。"

"你妈还是没有消息吗？"

"嗯。"

"我走了，你好好照顾自己。"

"我送你。"苏南溪起身。

她把苏平嘉送上车，苏平嘉对她说："今天在会场揍了陆春晓一拳，爸真的忍不住。"

"没关系，揍得好。"

"你不心疼就好。"

"路上开车小心。"苏南溪朝他挥挥手，然后看着他的车淹没在浓稠黑夜中。

她坐在院子里的椅子上，头顶的路灯把她的影子拉得老长老长，她就低头踩着影子玩，然后笑出声，她的脚下是Jimmy Choo的最新款鞋，镶嵌着的施华洛世奇水晶在黑暗中发出璀璨耀眼的光芒，玩烦了，苏南溪就静静地看着远方发呆，眼睛干涩，她对自己还是挺满意的，越来越坚强了。

她不知不觉坐到了十二点才回过神来，拎起裙摆准备起身回家，却看到不远处发出的汽车灯光，原本波澜不惊的心情立刻多了些许的欢喜，他还是回来了，就在她以为他今晚会跟方青瓷睡不会回来时。

车子停下来，司机下车然后绕过车头到那边把陆春晓扶了出来，看样子陆春晓喝得不省人事了。

苏南溪上前帮忙关上了车门，然后问司机："方小姐呢？"

"方小姐自己打车回去了。"

"嗯。"

司机帮忙把陆春晓送到了房间，苏南溪端来一盆温水，给陆春晓擦了擦脸和手。

他似乎并不好受，痛苦地呻吟了一声，然后就本能的用手去抵住胃，看样子是胃疼。

苏南溪没有忍住，落下了眼泪，心纠结在了一起，坚强了一个晚上在见到这样子的陆春晓后，所有的理智都分崩离析了。她轻轻趴在他的心口，闭上了眼睛，听着他的心跳声，感受着他胸膛的温暖。

那年他们结婚的时候，很多人都说是商业联姻，而其实他们的结合是因为相爱啊。如今他们走到了这一步，那些说他们是商业联姻的人就更加肯定了自己的猜测，啊，真的只是利益的结合啊。还做得不好，连最基本的相敬如宾都没有做到。

陆春晓不舒服地动了动，苏南溪起身，准备下楼给他找点胃药来吃。

门被关上的时候，陆春晓微微动了动眼皮，左眼角流下了一滴眼泪，紧接着痛苦地蜷着身子，歪向一侧。

陆春晓接下来的几天依旧是醉得像烂泥，但是每次还都能回家，光这一点，苏南溪心里稍稍好受了些。

白天一个人在家的时候，苏南溪会吃很多东西，好在她是属于长不胖体质，可以吃得肆无忌惮。

在她看来，心和胃总要有一个地方是暖的啊。

第七章

就连面对你都

觉得窒息

苏南溪第一次见方青瓷是在城中一家名叫百间楼的饭馆，当时苏南溪和陆春晓在微博公布了恋情，方青瓷特地从国外赶回来，托宁一帮忙约了陆春晓见面，她当时可能是想声泪俱下地挽留陆春晓，拿往日的情分说服陆春晓回头，但是没有想到那日，陆春晓携带着苏南溪一起出现在那个包厢里，给了她最沉重的打击。她才知道，原来一切都已经太迟，陆春晓和苏南溪已经领证了。方青瓷当时真的恨死他们了，既然如此为何还要答应见面给她羞辱。在那之后，她仓皇回了美国。

　　时至今日，再次约在百间楼的3号包厢见面，没有了陆春晓，当事人只有方青瓷和苏南溪，两个人的心境也是大有不同，正是应了那句话：风水轮流转。

　　这还是方青瓷回国半年多，两人第一次会晤。

　　方青瓷和陆春晓的事，苏南溪一直隐忍着，要放别人身上，早就跟方青瓷撕好多个回合了。

　　因为一路上遇到的都是红灯，苏南溪晚到了一步，进去的时候看到方青瓷正优雅地喝茶，心情极好地看着楼下河上的花船微笑，阳光下的她少去了职场上的干练，多了温婉的气质。

　　其实，苏南溪压根就没想过方青瓷会约自己，而且还是用的陆春晓的手机打的电话，她在迫不及待地炫耀自己的胜利，膈应苏南溪。

　　她约自己吃饭，苏南溪当然是不会逃避的，虽然她很不想要看到方青瓷的盛气凌人与不怀好意，但是她是陆春晓的正妻啊，会害怕方青瓷这个不道德的小三吗？

　　她试图保持着冷静，不要被激得愤怒，坐在方青瓷对面的位子。

　　方青瓷给苏南溪倒了一杯茶："明前龙井，我猜你会喜欢。"

　　苏南溪举起杯子，望着嫩绿色的茶水，清香扑鼻，抿了一口，重新放在桌上，笑盈盈地看着方青瓷："方小姐邀我来这里，是想聊什么呢？"

　　"我们先吃饭吧，我有点饿了。"方青瓷笑了，然后按了铃喊了服务员进来点菜。

　　跟情敌吃饭，苏南溪自然是吃得食之无味，心不在焉。

　　方青瓷吃得差不多的时候，喝了口水才气定神闲道：

　　"我知道外界的人对我有些误解，说我勾引有妇之夫。其实，这可真是天大的误会，我和陆春晓从前虽然是恋人，但是现在我们就只是朋友，两个曾经相爱的人再次见面也不一定非得做仇敌啊。"

　　她把相爱两个字咬得特别重，苏南溪淡淡笑了，嘲讽道："朋友可以睡觉吗？你对朋友这个词的范畴大概跟我们正常人理解的不一样。"

　　方青瓷差点喝水呛到，陆春晓给她挖的坑还真是够大的，他居然会让苏南溪误会他们已经到了上床的地步了，真是冤枉死她了，问道："你知道我和你最大的区别是什么吗？"

苏南溪想了想，开口说："大概是你有一个嗜赌如命的父亲吧。"

被戳到伤处，方青瓷的脸色变了变，但很快恢复了平静。她也曾出生在富贵之家，只是她父亲交友不慎，迷上赌博之后卖了公司，欠了赌债跑路了，她卖了家中的产业勉强还了债，她这个人本身是没有任何不好的习气的，但是周韵考虑到她有那样的父亲，死活都不同意她和陆春晓往来，总是各种阻拦破坏，所以她最后一气之下拿着周韵的钱去了美国读书。可以说，她和陆春晓的爱情是被周韵一手扼杀掉的。

"苏南溪，我和你不同，我能够融入陆春晓的圈子，而你只会带着陆春晓融入你自己的圈子。陆春晓以前的朋友，你熟悉几个？你跟他们一起吃过饭吗？他们经常聚餐，陆春晓有带你去过吗？跟你结婚后，陆春晓为了你，和原来圈子里的朋友慢慢疏远来融入你的圈子。苏南溪，你不觉得这样很自私吗？"

苏南溪有些哑口无言，因为方青瓷字字句句说的都是事实。

或许真的是她潜意识里排斥着陆春晓的朋友圈子，一开始，陆春晓会想要带她去和他的朋友们一起吃饭，她总是有各种理由搪塞掉，因为她害怕见到许易安，渐渐地，陆春晓就为了她减少了和朋友们之间的聚会，每次都会被苏南溪拉着参加她朋友圈子的聚会，他与苏南溪熟悉的那些人总归不是同龄人，心里会有些放不开。但是苏南溪从未想过这个问题。

如今经过方青瓷这么一说，她才恍然大悟，察觉出自己真的疏忽了陆春晓的情绪。

"陆春晓跟你这样抱怨我的？"苏南溪的声音微微颤抖。

方青瓷轻笑，并不否认也不肯定，"他的朋友们都不喜欢你，苏南溪，你不觉得你做陆春晓的妻子很失败吗？"

"我以前不觉得自己失败，可是听你这么说，我可能真的有些失败。但是，方青瓷，这不是理由，这不是你能够插足我和陆春晓婚姻的理由。我们之间的问题我们自己会解决，可是你不应该在他茫然彷徨的时候，分不清楚朋友的界限，迷惑他做错事。"苏南溪越说越难以控制自己的情绪。

"你不觉得你很可笑吗？你们之间出的问题其实跟我一点关系都没有，你不需要这么急着把问题原因赖在我的头上。我会回国是陆春晓主动向我发的工作邀约，你瞧，并不是我主动去靠近他的，而是他厌倦了你，想来我身边得到些快乐。"方青瓷故意刺激着她。

"说到底是因为你们感情不稳定却急着闪婚，现在婚姻里出现了问题却不懂得自我反思。苏南溪，不能让陆春晓幸福你就趁早放手，何必拖着两个人都不快乐都痛苦？如果你有能耐，你就把陆春晓给我抢回去。如果不能，你就是个失败者，放弃陆春晓吧。"

苏南溪满腔愤怒，就差把面前的水倒在方青瓷头上了，但是残存的理智告诉她，这样太难看了。

她起身，拿着包："我想我跟你真的没什么要谈的了，只希望你有一天不要后悔。"

"我不会后悔。"方青瓷目光如炬。

因为我问心无愧啊。

望着苏南溪挺直离开的背影，方青瓷悠悠地喝了口水。

"苏南溪，我话都点到这个份上了，希望你能早日让陆春晓回头吧。"

她其实大可不必这样多管闲事的，但总归背着骂名，不做点事安慰下自己的心灵，总有些不甘心。

那日陆春晓来找她说的话言犹在耳。

他请她帮忙，让她帮他摆脱掉苏南溪。

这个请求太过新奇了。

她直接说："你可以提出离婚啊。"

陆春晓沉默了许久，才回："我不想离婚。"

方青瓷真觉得这事很好玩，想摆脱掉妻子，却又不想离婚。这到底是爱呢？还是不爱？

她搞不清楚，只知后来的她成为了陆春晓的"新宠"，陪他出席各种宴会，虽然对外说是上下属关系，但又有几个人信呢。别人对他们的闲言碎语已经很多了，她亦是不在乎的，只是对苏南溪，总归感到有些抱歉。

外界只当她是破坏苏南溪和陆春晓感情的罪魁祸首，却从不想他们之间是否从一开始就出现了问题。

她知道在苏南溪痛苦的同时，陆春晓也在痛苦，不然他又何必总是用酒精麻痹自己呢。

拿起手机，给陆春晓拨打了电话。

"喂？"

方青瓷心情极其轻松，语调明快地问："猜猜我刚刚在跟谁见面？"

"谁？"

"你老婆啊。"

"你见她做什么？"那边似乎有些紧张，"而且你怎么会有她的联系号码？"

"当然是趁你不注意拿着你的手机打的。"方青瓷说得理直气壮，"陆春晓，我跟她提点提点了你们之间存在的问题，让她做人不要太自私了，多考虑考虑你的感受。你的朋友们不是跟我抱怨苏南溪么，我就引导苏南溪去讨好他们。"

"你不要自以为是，觉得自己很聪明，你又怎么会知道我们之间出了什么问题？方青瓷，请你做好你分内的事。"陆春晓语气严肃道。

"嗨……你知道吗？你现在一点都不可爱。以前的你是不会折磨女人的，你对我来说已经没有魅力了，我已经决定接受Rober的提议，做他女朋友了。最多两年，他就会申请调职到中国。看你到时候怎么办？"言下之意，我做你的托儿就做两年，对你已经是仁至义尽了。

结束通话后，方青瓷觉得特别轻松，嘴角不自觉地上扬。

放弃自己珍爱过的人，重新开始一段新的生活是需要极大的勇气的。

她总算从那段恋爱中走出来了。

离开百间楼后，苏南溪开着车沿着华西路慢慢移动着。

她有些心不在焉，不知不觉中就开到了许丛上班地方的附近。

作为一位刚被小三约见一败涂地的女人，她需要小伙伴的安慰，不然那口气简直就是要憋死自己了。

于是，许丛请了假，陪她去精品店买买买。

不过，逛的都是男士精品店。

她给陆春晓买了很多衣服，买了衣服还得搭配鞋子与包，她知道陆春晓的所有尺寸，这就是妻子，她自认为这就是她跟方青瓷的区别。

苏南溪逛累了，让人给她把东西送家里去，然后跟许丛找了家餐厅吃饭。

"所以你觉得方青瓷说的有道理，陆春晓现在对你这样是因为他觉得你忽略他的感受，不尊重他的朋友？"

"这只是一个原因吧，但是我一直想让陆春晓融入我的圈子，是因为我一直觉得苏梓徽他们这些人真的很好，却忘记考虑他是不是能适应。我打算找个时间请陆春晓的朋友们一起去南湖会所骑马烧烤，呼吸呼吸新鲜空气，正好最近气候不错，不热也不冷。"

"那你岂不是要热脸贴冷屁股？"

"为了挽回我的婚姻，这点程度我是能忍受的。"苏南溪下定了决心。

许丛叹息一声，鼓励道："那么，你加油吧。"

吃饭的时候，许丛的手机响了，她看了看来电提示，对苏南溪说："你叔叔。"

"你接吧。"苏南溪说。

"喂？我在和南溪吃饭，你自己一个人吃吧。哦，不用来接我，我可以自己打车回去。好了，挂了啊。"许丛按掉电话。

"现在我觉得你们更像夫妻了。"苏南溪一阵羡慕。

陆春晓就不会给她打电话，问她在哪里，在做什么，和谁在一起。他才不关心她一天里到底做了什么。

许丛抿嘴笑，现在的生活的确是挺好的，曾经的诸多顾虑都一点一点被苏梓徽打消了。这大概就是爱情的最好状态。

苏南溪喊来服务员让他帮忙开两瓶红酒，然后歉意地对许丛说："丛姐啊，对不起啊，原本我想送你回家的，可惜今天我真的很想喝酒，太馋了，你要不然就跟我一起一醉方休吧？"

许丛摇头："你想喝就喝吧，没关系，我应该能送你回家吧。"她说这话的时候有些心虚，驾照是好多年前拿的，换照换了一次，但是她开车次数很少，加之对去陆家的路也不是很熟。

"那我就放心了。"

服务员给苏南溪倒了一杯红酒，苏南溪一口喝尽，然后对服务员："我自己来。"

慢慢地，她就有了醉意，一边玩弄着酒杯，一边歪着头问：

"丛姐，你说男人的心怎么会变得这么快啊？"

"每个月他对我最温柔的一天就是我们要去疗养院看他爸

的那天，他是故意对我那样好，好让他爸放心。"

"如果他真的很爱方青瓷，又为什么要娶我呢？是因为他也贪恋苏家的财力么？"

"可是，既然爱方青瓷，为什么不跟我提离婚呢？你知道吗？我最近安安静静的，就是害怕他跟我说离婚。"

"好想他再带我去一次海边，为我放一次烟火。"

……

苏南溪絮絮叨叨说了一大堆，两瓶红酒被她喝得七七八八，已经醉得眼花了："丛姐，嘻嘻，你怎么有两个脑袋啊？"

"南溪，我们回家吧。"

许丛喊来服务员结账，然后让他帮忙扶着南溪上车。

喝醉之后的南溪安安静静地闭着眼睛，分不清是睡着了还是太累了不想说话了。

许丛打开了导航仪，输入陆家的地址，然后根据导航提示开，夜晚视线受限，许丛开得十分小心，生怕跟别的车追尾。

此时，苏梓徽的电话又打来，她按了接听，又按了免提键。

"怎么还没回来啊？"苏梓徽有些担心地问。

"南溪喝多了，我在送她回家。"

苏梓徽一听，就炸毛了："这死丫头怎么能喝酒呢？还有你，大晚上你开什么车啊？"

"哎呀，你不要这么激动啊。我正开着车呢，你想骂人找个别的时间。"许丛有些烦躁。

苏梓徽语气缓了缓，说："我不是要骂你们，哎，这样吧，你直接把南溪带到我们家来。"

许丛刚挂了电话，那边南溪的电话就响了，还好电话不在包里，在她风衣口袋里。

她伸手拿过来，一边注意路况一边看了屏幕，居然是陆春晓。

"喂？我是许丛。"

"呃……许丛，南溪跟你在一起？"

"对，她喝醉了，我正在送她回家。"

"你们现在到哪里了？我来接她。"

许丛看了看路，告诉陆春晓。

"我大概半个小时到，你们找个地方停车等我。"

"好。"

原来陆春晓正在回家的路上，临时接到张妈的电话告诉他南溪还没有回家，其实张妈大可以直接给南溪打电话，但是她可能觉得由陆春晓打这个电话，南溪会高兴一点。

和许丛碰面后，陆春晓让司机送许丛回家，他今天是喝了酒的，所以只能等代驾过来开南溪的车载他们回家。

陆春晓看着南溪安静的睡颜有些无奈。

记忆中，她似乎从来都没有在自己面前喝醉酒过。

原来她喝醉了就会很安静。

因为宿醉，苏南溪一早被头痛痛醒，在床上哼了两声，才缓缓睁开眼睛。

陆春晓在穿衣服，是她昨天刚刚替他买的衣服。

苏南溪有些兴奋："真好看。"

陆春晓并没回应，下楼去了。

苏南溪连忙去洗漱，到楼下跟陆春晓一起用早餐。

"这个周末我想邀请你的那些朋友一起去南湖会所玩，你觉得如何？"苏南溪拉开陆春晓对面的座位坐下。

"不必。"陆春晓冷冷拒绝。

"骑马、纸牌、麻将、喝酒我都可以陪着他们玩啊，我都会了。"苏南溪大言不惭道。

陆春晓瞥了一眼苏南溪，有些无语。

苏南溪喝了一口牛奶，却一个没忍住吐了出来，这就是喝酒后遗症啊。

"以后不要喝那么多酒了，折腾人。"

"你不是也在喝？"

"行啊，下次喝酒请记得带上司机送你回来。"

苏南溪想吃面包，却还是觉得犯呕心，索性就不吃了。

刚要离开就听到陆春晓说："你不必去讨好我的朋友们，毕竟他们跟你不熟。"

苏南溪赔笑："多玩玩就熟悉了嘛。"

"苏南溪，我和你之间的问题和这些都无关，就只是我们俩之间的问题。我们会变成这样是因为我们之间没有安全感和信任感。"

苏南溪重新回到座位："我们之间怎么就没有安全感和信任感了？在你和方青瓷闹出这些事之前，我和你在一起觉得很安心很幸福，我相信你会给我想要的未来。是你亲手毁了这些。"

陆春晓冷笑："你扪心自问，你真的信任我吗？那为何我会觉得你这样遥远呢？甚至我觉得你根本就不爱我。"

"我没有想到你是这样想我的。"

"许长乐告诉我，你当初是因为不想我和许长乐在一起才会喜欢我纠缠我让我爱上你。是这样吗？"

"你怎么会相信许长乐的这些胡言乱语，她就是不想让我们幸福，才会故意对你说这些话来破坏我们的。"

"那么你告诉我，你为什么会爱我？"

苏南溪内心千回百转，良久才开口："因为……你值得我喜欢啊。"

爱的理由有千万种，或因为相貌、或因为性格、或因为家世、或因为习惯、或因为孤独……也或许是因为彼此之间共同的回忆由想念发酵成了爱情。儿时的陪伴与呵护深深烙印在心中，你因为我的喜怒哀乐而喜怒哀乐，这些成就了我生命中最珍贵的一部分，往后再也没有其他人能代替你的位子，而我也只想要你。

"没有什么其他的原因吗？"这是他第二次给苏南溪机会，他想如果她愿意坦诚，他就会把那个秘密烂在心底。这几个月，他每天都处在矛盾彷徨中，不知道要如何面对苏南溪，对她不好他觉得内疚，对她好又过不去心里的那道坎，所以他最终选择了冷漠，用烟酒来麻痹自己。

"那你呢？你娶我是因为我背后的苏家吗？你和方青瓷因

为门第之见分手，所以你就娶了你父母都喜欢的人选是吗？"

陆春晓气得手都在抖："你看，我们之间总是这样互相猜忌怀疑，所以我们的婚姻才会这样失败。"

一大早就这样吵架，让人身心俱疲。

"也许我们结婚的这个决定太过仓促了，因为不管多久我们都不了解彼此。"

陆春晓也不指望苏南溪能够对他说实话了，起身离开。

苏南溪望着他决绝的背影，生气地摔了杯子。

回到房间，躺在床上哭了一会，却因为心口堵着一口气怎么都不舒服。

她觉得胸闷，坐在床上大口大口地呼吸，然而眼泪控制不住地掉下来，手掌也都在发麻，眼见呼吸越来越困难，她才下楼让人送她去最近的医院。

张妈吓得给陆春晓打了电话，陆春晓说他会在医院等。

到了急诊室，医生给她戴上了氧气罩，做了血清检测和心电图检查，都没什么异样，最后医生问陆春晓病人之前是否情绪过于激动了，陆春晓回他们早上吵过架。医生了然，下结论说是因为情绪激动引起的气管痉挛才导致的呼吸困难，吸两个小时氧气就好回家了。

"她真的没什么事吗？"

"没事，以后不要让她情绪激动就好。如果你实在不放心就去给她办理住院手续，明天做个全身检查。"

"好，我知道了，谢谢医生。"

"不客气。"

苏南溪瞪着陆春晓："都是因为你气我的，你把我气死了你就开心了。"

陆春晓不理睬她，对张妈说："张妈，去买个家用呼吸机，以后苏南溪要是再这样直接在家里吸氧气。"

苏南溪发誓她再也不想理他了。

"我先去公司了，你给她办理住院手续。"

"张妈，我不需要。"苏南溪说。

陆春晓看了看她固执的样子，对张妈说："那等她吸过氧直接带回家吧。"

张妈走到苏南溪跟前，微笑着说："其实春晓挺关心你，不然又怎么会在医院陪你呢？"

苏南溪赌气道："他要是呼吸困难进了医院，我也会去医院陪他。"

"你这孩子，你们俩这样子闹下去什么时候才能生个孩子啊？"

"孩子。"苏南溪喃喃道。

"是啊，生了孩子，春晓和你才算长大。"

苏南溪觉得自己好像忘记了什么天大的事情，此刻经张妈一提醒，她才回过神来，最近这几天，她的月经没有来啊。

一阵兴奋之后想起昨晚喝酒又开始懊恼起来。

几天后，从医院拿到血液 HCG 报告的苏南溪怀揣着激动的心情走进了苏梓徽的办公室，坐在办公桌前的椅子上，将包放在桌上。苏梓徽抬头看了她一眼，然后埋首看计划书，等着她汇报来意。

"我怀孕了。"苏南溪笑眯了眼。

苏梓徽震惊地抬起头，睁大了眼睛："你怎么这么不小心啊？"随即脑子里想到的是要去哪家医院做流产手术。

谁知下一秒苏南溪的话让他差点从椅子上跌下来。

"这个孩子我要生下来，而且我不能让陆春晓知道这件事，你帮帮我。"苏南溪说得理直气壮。

"你说什么？你是疯了吗？这个孩子能是个正常小孩吗？你不要忘记你一直都在吃激素药。"苏梓徽站起来，不自觉地拔高了声音喊着，心烦意乱。

苏南溪仰视着他："我没有吃药，一直都没有吃。"

苏梓徽气得无语，一副恨铁不成钢的样子，心疼道："苏南溪，你怎么能这么作践自己？你不想活了吗？"

"我不要变胖变丑，我受不了。"苏南溪说着说着声音便哽咽了。

"你脑子进水了吗？到底是活着重要还是漂亮重要？"

"对我来说，生孩子更重要。"

苏南溪话说到这个份上，苏梓徽总算是摸清楚点原因了，为了陆春晓。所以他更气愤了，联想起这些个月陆春晓给苏南溪造成的羞辱与伤害，他就想撕碎了他。

"他都对你这样了，你还要冒着生命危险给他生孩子，苏南溪，你怎么这么傻？"

"那么我要拿什么去跟方青瓷争？"苏南溪无力地问。

"你不需要跟她争，你是陆春晓的正妻。"

"我现在什么都比不过方青瓷。她年轻有为，能干漂亮，健康有活力，他们在一起有许多的共同话题，可以一起去登山攀岩做极限运动，他们可以活很久很久。而我呢？这些我都不能做，因为我的病，我更不知道我还能活多久，一年、两年、五年、十年，我甚至连二十年都不敢奢望。"

"你可以的，只要你好好地听医生的话，把病情控制住了，你可以活到老。"

"肾炎的最终结果就是尿毒症，我不想骗自己，也不想被你们骗。"

"我们可以做肾移植。"

"做了肾移植我也最多活十几年，况且我问过医生了，我这种就算做了肾移植，一颗健康的肾脏到了我的身体里，最终还是会变成 IGA 肾炎。"

"南溪，你不要这么悲观，目前你根本就不需要想到这些，你离尿毒症还很远。听话，我们把孩子打了，你好好地治病，先把病情控制住。生孩子对你来说实在太冒险了。"

"我知道，就算我生了孩子立刻尿毒症了，我也无怨无悔，我想体验一回做妈妈的感觉。如果我小心翼翼地活着最终还是好不了，为什么我不从一开始就冒险呢？至少我还能留下一个孩子给陆春晓，这样他就永远也不会忘记我了。苏梓徽，我不想来到这个世界走一遭却什么都没办法留下。"

"如果到时候你的肾功能下降了，你还是得终止妊娠啊。"

"那我也要为了我的孩子坚持到那一刻。"

"你怎么就听不进去我说的话呢？"

苏南溪捂住耳朵："我什么都不要听。"

苏梓徽被她气得一句话都不想说，他们互视着，谁也没有再说一句话。

敲门声起，苏梓徽冲着门的方向吼了一声："滚——"

然后门外的人就走开了，不知是他的哪一位秘书。

这是苏梓徽这么多年来第一次这样失控，他从不发脾气，再严肃再不满，他也只会用语言的魅力来解决问题。

苏南溪想，这一次他大概真的是没法子了。

她也知道，是她赢了，苏梓徽已经开始慢慢妥协。

时间静悄悄流走，外面从白天变成了黑夜。

苏梓徽终是起身，对她说："你让我再想想，给我几天时间。"他说这话的时候，一个没忍住眼睛模糊了。

苏南溪咬咬牙："好。"

她想这几天，他大概会联系到他能问的所有医生，去了解她的身体适不适合孕育孩子。

三天后，苏南溪在家接到了苏梓徽的电话。

"好，我们试试吧。"

下一秒，苏南溪泪流满面，一颗沉甸甸的心总算是轻松了一点。

"南溪，你在听吗？"那边不确定地问。

苏南溪抽泣着回："在听，谢谢你，苏梓徽。"

"生下孩子，你就立刻接受治疗。南溪，如果到时候你还是这么任性妄为，我想到时候我只能把你关进医院了。"顿了顿，他强调，"我说到做到。"

"好，我答应你。"

"你的事我都跟许丛说了，这几个月她会寸步不离地陪着你。"

"苏……"

苏南溪本来有些生气，生气苏梓徽把她的病告诉许丛，但是再听到苏梓徽下面说的话，她震惊了。

"许丛她不能生孩子。"

"你说什么？"

"她的家族有红斑狼疮遗传史，后来她以为我知道了就会自动离开她，但是我没有。在我心里，比起她能不能给我生孩子，我只想许丛健康地生活在我的身边，不受到任何的伤害。"

"可是爷爷奶奶……"

"这件事你知道就好，不要告诉他们，我的幸福我自己做主。"

"嗯。"

如果是以前的苏南溪知道这件事，她一定会极力反对许丛跟苏梓徽在一起，但是现在她自己变成了这样，就更加理解许丛了。

这是其他人根本就无法理解的悲伤。

苏梓徽在众多医院中挑选了马德里的一家医院，那里不仅有权威的专家，而且能让陆春晓对苏南溪的离开没有任何的怀疑。

因为有很多事情要准备，许丛必须要办理好离职交接手续，而苏南溪要跟很多朋友道别，要去疗养院探望陆威，要回爷爷奶奶家吃饭，要去横店探班苏平嘉，和陆春晓的朋友们聚会……

宁一听到她的计划，笑了："别搞得你好像以后都不回南城似的。"

苏南溪一愣，苦笑。

还真有这个可能。

她对外说她接了马德里的工作，必须要去一年。别人只当她是为了逃避国内这些乌烟瘴气，所以都没起疑心。

等她把所有的事情都搞定了，就剩下她和陆春晓的道别了。

出国前一天，陆春晓休闲在家，苏南溪亦是早早地就起床化妆，想把最美的自己留在他的脑海中。就这一天，什么都不想，只当陆春晓仍旧还是独属于她的那个男人，她是这样打算的。

陆春晓从客房出来，就看到了苏南溪倚靠在客房对面的墙上，微笑地看着他，心情极好地说："我们下楼吃早餐吧。"

她今天大概因为口红色号的关系，气色看起来很不错，眸子清亮，眉眼温柔，与她初遇时她便是这般青春耀眼，令人怦然心动。

陆春晓怔了怔，苏南溪的手已经挽住了他的手臂。

　　他不想与她这样亲昵，可是她明天就要走了，一年的时间，能够改变很多事情，下次见面不知要何时，以何种身份何种心境，一切都是未知数。就让现在彼此相处的时光少些戾气变得美好，让离别的这一刻变得珍贵难忘。陆春晓心想。

　　张妈在布置餐桌，大清早去花园采摘的鲜花还带着雨露，散发着清香，被插在苏南溪最爱的花瓶里，在她看到苏南溪和陆春晓那么平和亲昵地出现时，先是愣了愣，但也只是一瞬间，不吵架不冷战的他们，就是天生一对，无论样貌还是气场，这就是人们常说的夫妻相。

　　"张妈早。"

　　苏南溪和陆春晓的声音同时响起，默契十足，话音刚落，两人自是羞涩。

　　张妈忍不住笑了："早饭已经准备好了，快坐下来吃吧。"

　　苏南溪和陆春晓就这样面对面坐着，两人安静地用了早餐。

　　陆春晓不再习惯性地打开iPad刷新闻，两人更是关了手机，不想受到外界的打扰，今天的陆春晓一切听从苏南溪的安排。

　　吃完早餐后，陆春晓问苏南溪："今天有什么安排？"

　　没有料到陆春晓会主动问起，苏南溪回："就在家里待一天。"

　　"不出去吗？"陆春晓有些意外。

　　苏南溪之前幻想过无数种可能，之后一一打消，因为她害怕陆春晓不配合她。

　　现在他配合了，可苏南溪还是觉得就这样待在家里两个人相处着，也是不错的，本就是短暂的时间，何必把宝贵的一分一秒浪费在堵车的路上。

"我已经学会做饭了，你还没尝过我的手艺，我想让你尝一下。"

"好。"

苏南溪听到他这样说，心里安心许多。待会家里所有的用人都会回家去，今天的这个家里就只有他们两个。她一直都想回到从前那些快乐的时光，想到心碎，大概真的会在离别的这一天得偿所愿。

两人一起去超市买菜，就像别的夫妻那样。这个季节，螃蟹肥美，苏南溪挑螃蟹时不小心被螃蟹钳扎到了手，惊呼一声，陆春晓连忙用手抓住苏南溪的手指，给她吹吹，几乎是本能反应。这让苏南溪心里一阵暖，同时一不小心红了眼。

最后挑螃蟹的活交给了陆春晓，两人又买了鸡和鱼以及时令蔬菜才离开超市。

回家后，陆春晓负责洗菜，苏南溪掌勺。

陆春晓看到苏南溪有模有样地炒着菜，心里有些难过。

她答应嫁给他的时候，他以为他会给她满满的宠溺，可以让她继续骄傲地活着，不沾染一丁点的人间烟火气，却没料到之后的生活。而她在伤心难过之余为了讨好他，不知费了多少心思才学会她不擅长的厨艺。

到饭点，苏南溪的最后一道菜也出锅了，盛放在她喜欢的盘子里。

清蒸螃蟹、干煎椒盐鲳鱼、凉拌木耳、蒜末黄瓜、山药鸡汤、五花肉炒秋葵，都是陆春晓爱吃的，满满地摆了一桌，苏南溪回房间换掉一身油烟味的衣服后才下楼来跟陆春晓吃饭。

陆春晓喝了口柠檬水后开始尝菜，她有些忐忑，不知自己的手艺在陆春晓看来是否称得上好吃，她问："如何？"

"还不错。"说这话时，陆春晓正巧吃到了盐粒，咸味在唇舌间化开，陆春晓不动声色地喝了口柠檬水。

但其实真的挺不容易的，毕竟她是天生对厨艺没有天赋的人，能够做成这样，想必已经尽力了。

两人吃完饭后，苏南溪就要起身收拾盘子去厨房，陆春晓站起身制止她："我来收拾吧，你也累了半天了。"

苏南溪的确觉得困乏，吃饭的时候强忍着倦意也还是打了好几个哈欠，以为陆春晓没有看到的，却原来他就算不看她也能知道她的动静，说明他也有在用眼睛余光瞥她吧。苏南溪心里有些小激动。

"好。"

在陆春晓用洗碗机洗碗的时候，苏南溪去挑选了下午要看的电影，最终选择了一部新电影 Me before you，改编自 Jojo Moyes 的同名小说，南溪上网搜了下影评，似乎还不错。

南溪将零食放在茶几上，拉上了沙发后面的窗帘，等着陆春晓。

陆春晓用纸巾擦干净了手，回到客厅，看到苏南溪一脸期待的兴奋样子微微出神。

他们第一次看电影是在他公司的放映厅里，他从苏梓徽那里打听到她最喜欢的电影是《八月迷情》，便想给她惊喜。最后一次看电影是在他们度蜜月的时候。此后，便没有了这样的机会。

　　"你发什么呆啊？快过来坐啊。"苏南溪随意地盘腿坐在沙发上，笑着拍了拍身边的位子。

　　陆春晓回神，坐了过去。

　　苏南溪递给了他爆米花桶和一罐可乐，用遥控器按了开始键后，电影开始播放。

　　影片男主是一位年轻有为的银行家，有一位美丽可人的女朋友，会做菜热爱运动，却在一个下雨天被摩托车撞得全身瘫痪，只有头部能动，他远离了从前的朋友，来到小镇的古堡生活，并做出了六个月后去瑞士安乐死的决定。男主的妈妈就希望能够出现一个人能够改变男主的生活，便在网上招聘六个月看护，失业的女主去应聘意外被录用了，从此开始了和男主相处的生活。起初她活泼话多，他傲慢冷漠，后来他的目光渐渐地被她吸引，她想要带他去看看外面的世界，他们一起去马会赌马，一起去听音乐会，她带他参加自己的生日会，他送她小时候最爱的东西，他们在古堡谈心，去参加他前女友和好朋友的婚礼，他们用轮椅跳舞，她甚至为了让他改变赴死的决心而策划了一场旅行，在旅途中，他们很快乐，互道情话，男主说她是他每天睁开眼醒来的唯一动力，她以为他已经找回了生的欲望，凭借他对她的爱，却在旅行结束前被告知他没有改变安乐死的决定，他们重新回到小镇，女主从不接受到接受，最后还是陪着男主去了瑞士接受安乐死，男主死后给了女主一笔财产，够她去外面的世界读书，学她喜欢的东西。虽是短短的六个月的时间，却改变了她的一生。

这真是一个不按牌理出牌、悲伤的故事。

苏南溪看得泪流满面，陆春晓给她递了纸巾。

"他给了她爱，给了她机会，给了她自由，给了她新的生活，却没有答应她继续活着，这是为什么呢？如果他不死，他们就有可能继续快乐下去。"苏南溪带着哭腔说。

然而陆春晓却觉得自己能够理解男主的做法，作为同样骄傲、意气风发的人，男主这样做没有错。

"这毕竟不是寻常人的爱情，高度瘫痪的人所承受的压力是我们这些常人都无法理解的，他们的痛苦不能想象，大概是为了不连累女主吧，也不让曾经无比骄傲的自己成为任何人的累赘。女人容易心软，但其实男人的心是很难被动摇的，一旦下定决心，就不轻易改变。"

苏南溪看着陆春晓，忍不住问出口："那么你呢？你的心也是如此吗？难以被动摇？"

"是。"

"是吗？"可事实并非如此啊。

你的心已经动摇了？不是吗？你已经不再爱我了。苏南溪在心里说。

陆春晓没有接话，假装沉浸在方才的电影中继续回味。

一时之间，两人都沉默了。

"妈失踪了，我联系不到她了。"陆春晓突然开口对苏南溪说。

苏南溪有些错愕："怎么会这样？"

"南溪，妈临走前说你向我隐瞒了一个秘密，你能告诉我是什么秘密吗？"陆春晓露出好奇的表情。

苏南溪的心惊了惊，故作镇定地问："什么秘密？我没有什么秘密啊。"心里有了不好的预感，是否周韵真的说了什么？难道周韵什么都知道了？

"南溪，你再想一想。我不觉得妈是在骗我。"

"我真的不知道。"

他眼神灼灼望着她，苏南溪有些闪躲逃避，她始终都做不到坦诚，他的心一点点沉下去……

苏南溪，我真的在心里放弃你了，这并不是我一时冲动而做出的决定。

我给过你很多次机会，我期盼你对我说出实情，我想亲耳听你告诉我，你就是我妹妹，你嫁给我并不是为了利用我，而是真的爱我。

我很想对你发火，但我只能沉默。

因为一次又一次的失望，让我连面对你都觉得窒息。

这一天的后来，尽管陆春晓还在身边，可苏南溪还是觉得他是那样的遥远，而时间过得飞快，眨眨眼天就已经黑了，星星爬上天幕，闪着微弱的光。

陆春晓用完晚餐后就回到了客房，苏南溪在听到陆春晓下午的那番话后，更是心虚不敢面对他，回了房间打电话把这件事告诉了苏梓徽。

苏梓徽却叫她安心，周韵若知是他们在背后操纵着这一切，又怎会那么轻易地离开？

她一定会搅乱他们的生活为自己报仇的啊。

听到苏梓徽这样说，苏南溪才稍稍宽了心，她轻轻地用手抚摸小腹，嘴角的笑容不自觉地扩大，期待她从马德里回来后的生活，那时的她和陆春晓应该会更加成熟吧。

凌晨三点，苏梓徽派司机来陆家接苏南溪去机场，他会带着许丛直接去机场与她会合。

他本想亲自送她们去马德里，等她们都安定好了再回来，奈何害怕他爸妈和苏平嘉生疑只好作罢。

苏南溪出门的时候还犹豫着要不要跟陆春晓道别，拖着行李箱走到他房间前，想敲门却下不去手，最终没有打扰他睡觉。

而客房里的陆春晓早已醒来，并穿戴整齐，时不时地盯着自己的腕表看时间，听到苏南溪在门外的动静，犹豫着要不要去开门，心情复杂。

苏南溪到达机场时，苏梓徽和许丛已经到了，苏梓徽陪着许丛在用早餐，苏南溪电话要了地址，便戴上墨镜去找他们，身后苏梓徽的司机推着她的行李箱。

苏南溪入座后，苏梓徽对她说："给你点了一份鸡肉粥。"

顺便让他的司机一起坐下吃早饭。

等到时间差不多的时候，苏梓徽才陪着她们去值机柜台办理行李托运。

"你们在马德里住的房子我都安排好了，就在医院附近，到了机场，我的秘书和翻译便会来接你们，都是性格很好的姑娘。"

苏南溪和许丛点点头，觉得苏梓徽实在考虑周到，翻译是给许丛准备的，怕到时候苏南溪出了什么事，许丛语言不通没法与人交流。

苏梓徽继续说："你们在马德里住的房子我也安排好了，就在医院附近，方便你以后产检。"

苏南溪上前抱住了苏梓徽："不好意思啊，叔叔，先把丛姐借我用用，等我回国了，我就立刻操办你们的婚礼。"

"你放在心上就好，可不准敷衍我。"一想到即将要很久都不能触碰到许丛，苏梓徽自是舍不得。

许丛倒是不腻歪，对苏梓徽说了"再见"后，便和苏南溪进安检了。

望着她们离开的背影，苏梓徽找了一家咖啡店，打算等着她们的这班航班起飞后再离开。

却在机场 3 号入口处看到了陆春晓。

他似乎在等待着他。

苏梓徽心里还是比较满意的，至少证明陆春晓心里还是有苏南溪的，还知道来送她。

"我们聊聊吧，陆春晓"

陆春晓皮笑肉不笑："我正好也有很多疑问想问叔叔。"

两人走到停车场，陆春晓上了苏梓徽的车。

"周韵是不是你藏起来的？"苏梓徽直截了当地问。

陆春晓不再隐瞒，因为深知苏梓徽即便知道也不会告诉苏南溪的，毕竟他早就在很久之前就知道周韵失踪的事情与他有关。

"是。你放心，她现在一切都安好，除了没有自由。"

苏梓徽怒道："你这是非法监禁。"

陆春晓笑："相信我，她是自愿的。"

"原因？"

"你猜。"

苏梓徽的手下前几日已经找到周韵的下落，在 S 市的一家精神病院里，他的手下费劲心思才得以见到周韵一面，想要带她离开，可是周韵却不愿意。苏梓徽不明白，却知陆春晓说的是事实，周韵是自愿失去自由的。

苏梓徽想，周韵一定是有什么把柄在陆春晓手里。

直到昨日，苏南溪的一通电话，让苏梓徽找到了切入点。

也许陆春晓已经什么都知道了，并且知道的比他们都要多。

"你知道南溪和周韵的关系了。"苏梓徽用肯定的语气说。

"是，我知道了。她是陆暄，是周韵和你哥哥的孩子。"

"可你却选择忍下这个秘密，这是为什么？"

"我陆家已经被你们弄得支离破碎，我不想再给别人增添茶余饭后的笑料，笑我父亲被人戴了多年绿帽子，笑我娶了我名义上的妹妹。"

"南溪她爱你。"苏梓徽强调。

陆春晓苦笑："我也很爱她，所以我们才会结婚。可我不能忍受，她那么费尽心思地嫁给我，是别有目的。我给过她机会，只要她坦白，我就原谅她，可她没抓住这个机会。"

"你让做了坏事的人承认错误，这需要莫大的勇气，南溪并不知你知道了全部，又怎么敢全盘托出？陆春晓，你给的不是机会。可我觉得，周韵的事和这件事没有关系。"

"叔叔，你很有本事，那就自己去查吧。"

陆春晓意味深长地笑着开门下车，留下悬念。

第八章

把故事往
心里收

初到马德里的前两天里，苏南溪和许丛每天都只待在家里倒时差。

那日飞机抵达马德里机场后，苏南溪才知道苏梓徽派来的秘书是乔茹茹，当初在和风集团的总经办里和苏南溪最要好的人就是乔茹茹，曾经代替休产假的薛舒意做过一段时间苏梓徽的秘书，大概是苏梓徽的秘书里业务能力最差的那个了，所以被派过来真的只是因为好相处。

"Surprise！"乔茹茹举着接机牌冲着苏南溪跑来，激动地抱住苏南溪和许丛后又蹦又跳，对未来一年在马德里的生活无比期待。

一旁跟过来的女翻译名叫傅西，虽跟大家都不是很熟悉，但是逢人一脸笑意，长得很讨喜。

一行人来到苏梓徽租下来的花园别墅，乔茹茹在路上就已经说过别墅里配有保姆、司机、保镖和营养师，室内装修特别富丽堂皇。苏南溪亲眼所见，才觉得乔茹茹一点都不夸张。

苏梓徽总是将所有的事情都安排得完美细致，让人挑不出一点错来。

许丛每日都会在固定的时间跟苏梓徽视频聊天，叫苏南溪好羡慕，因为她也想给陆春晓发视频邀请却不敢，近来她长胖了许多。

当然，苏南溪在安胎之余不忘正事，之前在国内接下的马德里的杂志拍摄工作都一一排上行程，趁着她肚子未显怀之际。

她将这些工作照片发到微信朋友圈，证明她真的是来马德里工作的。为了在陆春晓那里刷存在感，她每天都会发短信给他，起初他还会简短回复几句，后来就懒得回复了，苏南溪也不在乎，就养成习惯每天都发短信，不管他回复不回复。

国内的新闻她一直都有在偷偷刷，倒是不见他与方青瓷任何的八卦新闻了，她不知道是不是在她走后，他有所收敛了，还是娱记本事没到家，没追踪到。

圣诞节，苏梓徽专程到马德里陪他们过节，后来家中老头老太一直叨唠着让苏南溪他们春节要回去，被苏梓徽以南溪不愿见到陆家那些乌烟瘴气的事给打发了，苏南溪的爷爷奶奶才作罢。

苏南溪因为瘦的关系，怀孕六个月的时候肚子才稍稍显怀，体内的激素失去平衡，苏南溪的脸上经常会冒出一两个痘痘，偶尔还流鼻血，也因为呼吸不顺畅去医院吸过氧，如此折腾受罪，她却一点都不觉辛苦，肚子里的小生命给了她无限力量，她觉得自己不管遇到什么困难都能承受。

乔茹茹和许丛曾经想通过苏南溪的饮食习惯和肚子的形状来猜小宝宝是男孩还是女孩，最后被乔茹茹猜中了，医生告诉苏南溪是男孩，四维彩超拍到小宝宝正在微笑。苏南溪拍了照发给了苏梓徽。

苏梓徽打来电话问她最近感觉如何。

"就很困啊，饿得很快。"苏南溪半躺在床上懒洋洋地回。

苏梓徽笑了："这是自然的，你现在可不是一个人了。"

"今天医生告诉我，是个男孩。"

"男孩像母亲，他以后一定很漂亮。一想到再过几个月我就要做爷爷了，我就觉得自己真的是老了。"苏梓徽哀号着。

"叔叔，我最近一直都在想一个问题。"

"什么问题？"

"我把孩子生下来了以后要怎么办？"苏南溪说出自己的顾虑。

苏梓徽觉得这个问题真是幼稚："养大啊，还能怎么办？"

原先她那样固执地留下孩子，就是想要用孩子捆绑住陆春晓，可是随着肚子越来越大，苏南溪的想法有些不受控地改变了，她舍不得利用孩子，孩子不是工具，他的出生只能是因为爱。所以这些日子，南溪一直都在迟疑该怎么做，现在对苏梓徽开口提这件事也是鼓起了莫大的勇气。

"陆春晓不喜欢孩子，我偷偷生下孩子，他一定很生气。"

苏梓徽隐隐不安："所以，你想说什么？"

苏南溪艰难开口："你和许丛帮我抚养他。"好不好？

"你疯了吗？"苏梓徽惊讶到连声音都不自觉提高了。

苏南溪深吸一口气，继续说："许丛不能怀孕生孩子，你们以后的路一定走得很艰难，不如就告诉爷爷奶奶许丛在马德里生下了你的孩子，这样你们的阻碍会少很多。"

"你这话敢对许丛说吗？"苏梓徽冷冷地问。

苏南溪撇撇嘴："我不敢，所以我才先跟你说啊。"

"你根本就不应该开这个口，更不应该有这样的想法。那是你的孩子，不管遇到何种困难，你都该独立承受，南溪，我不管从前你如何任性不懂事，可是现在你既然做了妈妈，就要变得成熟，就要对你的孩子负责。若你没有这个意识，那你就把孩子打掉，现在还来得及。"

"我怕我的孩子得不到父爱，我怕他成长在一个扭曲的家庭不幸福。但是你和许丛就不一样了，你们成熟又有责任心，做你们的孩子，比做我和陆春晓的孩子要幸福许多。"很久之前，她生病，苏梓徽照顾她一夜，她就说过若她是他的孩子该多好。

苏梓徽很是无奈："南溪，你和陆春晓离婚，好不好？"

苏南溪觉得这个提议真荒唐："我不要。若可以离婚，我早就离婚了。何苦撑到现在？"

"你这样固执地抓住他真的是因为你爱他吗？有没有可能你其实没有自己想象中的那样爱他？你只是太渴望圆满了，你的人生中不想出现瑕疵。"

"我不是一个完美主义者。"苏南溪情绪激动地吼道。

"让我想想。"

苏梓徽深深叹了口气，不想跟苏南溪再说下去："我要起床了，先不说了。"不等苏南溪再说什么，苏梓徽直接挂了电话。

国内时间现在是清早七点半，一天的坏心情从现在开始。

苏梓徽下床把昨晚收到的资料锁进保险柜里。

许丛的电话打来时，苏梓徽正不悦地打开衣柜挑选今天要穿的衣服，在看到手机屏幕上许丛的名字时，苏梓徽并没有急着接听，而是对着空气练习微笑后才接听电话。

"许丛，这么晚了，你还没睡啊？"

"我听到南溪和你说的话了，她想把孩子交给我们抚养。"

苏梓徽皱了皱眉，故意用轻快的语气说："你别放在心上，她瞎说的，我都不想理睬她。"嘴上虽然这样说，可是他以后可能还是会答应。

许丛急忙打断他："苏梓徽，也许她是对的。"

"什么？"苏梓徽的声音很轻，带着微微的颤抖。

"我知道你帮我承受了很多的压力，你妈妈总是问你我们什么时候结婚，我们同居这么久我的肚子怎么没有动静，你现在还可以敷衍拖延着帮我说话，可是，再过两三年，你爸妈的年纪越大，他们就会逼得更紧。我有很多次都想脱口而出我的病，我想坦白。其实，从一开始，我没有想过我们会有什么未来，就算我们在一起，我们也总会分开，我就是抱着这样的念头跟你在一起的。但是，现在，我越来越痛苦，越来越贪心，越来越想要和你有个美好明亮的未来，可现实是，我们未来的路被迷雾笼罩，我看不到尽头。"

苏梓徽闭了闭眼睛，用手揉了揉突然痛起来的太阳穴："许丛，对不起。跟你在一起，我感受到了从未有过的幸福，我以为你也是一样幸福的。明明知道我们之间有着很多的问题，可我被幸福冲昏了头脑，一直都在故意忽视。你的彷徨无措，你内心的不安，我都没有感受到。你相信我，我能处理好这一切。"

"南溪的孩子，她要是交给我们，我不想同意，我怕你会心软。苏梓徽，血缘的羁绊是难以剪断的，南溪以后也一定会后悔，还有陆春晓，他若知道了肯定会抢走孩子，到时候我们要如何舍得。但我们可以领养一个孩子。原本这辈子我就只打算一个人活着的，后来有了你，就想知道若我们为人父母了会是什么样子。"许丛打定了主意。

"许丛，孩子的事情我们以后再谈，我现在要跟你说的是，南溪和陆春晓会离婚。"

苏梓徽冷不丁说出的话让许丛心里惊了惊，同时不免疑惑："你为何这么笃定？"

"我在设局让陆氏易主，原本只是想用来逼迫陆春晓对南溪好一点，可是后来，我发现他们已经没有可能了，就当是让南溪伤心陆春晓必须要付出的代价吧。"

而其实陆春晓在知道所有真相后就应该和南溪离婚了，然而他却提都没有提起过，反而做了很多荒唐的事来折磨南溪。

苏梓徽分辨不清这是不是就是陆春晓的报复方式，但南溪是一定要离开陆春晓的。

因为，周韵带来的伤痛从未停止过，一直都在延续。

一连很多天，南溪都没有再接到苏梓徽的电话，就连每天见到许丛都觉羞愧，无法直视许丛充满善意的眸子，毕竟她有了那样荒诞的想法。

微信群里，贺培安宣布自己脱单了，并附上他和女友亲密贴面的照片。

其他人都很激动地恭喜贺培安。

只有顾向东无比心痛地在呼唤南溪。

顾向东：侄女，我还等着你的西班牙名模照片。

苏南溪：对不起，大家都觉得你丑，我也没办法，西方人和东方人审美是不一样的。

顾向东发了个吐血的表情，其余人都在幸灾乐祸地发跳舞的表情，丝毫都没有同情的意思。

本来苏南溪还想问问顾向东觉得乔茹茹如何，又觉得他俩毕竟年纪相差太多了，就不祸害乔茹茹了。

这一天，苏南溪在听完安胎音乐后就把乔茹茹喊到房间里："茹茹，你明天帮我去机场接个人吧。"

"接谁？"乔茹茹下意识地问。

"林沛，一个摄影师。"

"哦。"

苏南溪一边低头拿着手机翻找聊天记录一边说："我把航班信息和酒店地址转发给你。"

乔茹茹担忧地问："你们要见面吗？这件事苏总知道吗？"在被派来马德里之前，苏梓徽就交代她不管南溪见什么人都得让他知道，得到他的同意，因为南溪怀孕的事情绝对不能传到国内。

"没关系的，我只是想要拍几组孕妇照，林沛是自己人，绝对不会说不该说的。"她有自己的主意，作为茹茹的好朋友，眼见着她与前任简苏再无发展可能后，想了想身边的大好青年，突然发现林沛和乔茹茹很般配啊。

趁着林沛来马德里的这些天，南溪想好好地让乔茹茹跟他接触接触，保不准就一个不小心解决了两个朋友的终身大事。当然，现在的乔茹茹是不知道她的小心思的。

"我还是给苏总打个电话吧。"

"可以。"她自从肚子显怀后除了去附近的医院就再也没有出过别墅的大门，十分小心。因为国内苏梓徽替她铺了路，万一让苏家的人知道了，苏梓徽一定会被迁怒。所以作为苏梓徽的员工，乔茹茹这样谨慎，苏南溪完全能够理解。

在得到苏梓徽的同意后，乔茹茹跟着司机一起去了机场接人。

昨晚乔茹茹无意间在微博上搜索了下林沛的名字，发现他居然还是个网络红人，开摄影工作室，出过几本书，因为长相英俊的关系更是有着一大票的小粉丝想要嫁给他，工作足迹遍布世界各地，她居然不知不觉地就把他发的两千多条微博都翻了一遍。

总结一句话就是林沛是个有颜值有内涵的单身狗。

最让乔茹茹觉得心慌的是，她发现自己居然有些小心思了，要知道她上次有这样的感觉还是在读书期间遇见简苏的时候，工作之后见多了长得帅气的男人都有免疫力了，以为自己很难再会对一个人怦然心动的。

在机场等待的过程中，乔茹茹只要一想到即将要见到林沛脸红了又红。

七点多的时候，航班抵达。

林沛戴着墨镜，穿着灰白色的毛衣，下面配一条浅蓝色的牛仔裤，帅气无边地出现在乔茹茹的视线里。

乔茹茹笑着迎上前："你好，我是乔茹茹。"

昨晚他们互加了微信，已经互通过姓名了。

林沛暖男十足，取下墨镜看着乔茹茹，伸手："你好，我是林沛，谢谢你来接我。"

乔茹茹握住他的手："不客气，我们走吧，南溪让人准备了晚餐。"

"好。"欧洲国家林沛最常飞的是法国、英国之类的，为明星们拍婚纱照。马德里倒是很少来，不过他这样时常飞国外的人可以直接坐车去酒店的，奈何苏南溪盛情难却非要派人来接，他就恭敬不如从命了。

乔茹茹他们到家时，正好是晚餐时间。

南溪穿着一件遮肚子的白色宽松蕾丝连衣裙看着许丛和傅西在摆桌子，趁着乔茹茹去房间换衣服之际，南溪悄悄地问林沛："你觉得乔茹茹怎么样？"

"你还真想撮合我们啊。"林沛一脸不可置信，先前只当苏南溪是开玩笑的，现在却不这么觉得了，她太认真了。

"那是当然。"

"好吧，那我试试。"

"你要积极主动点。"

"我知道。"

林沛这次来马德里除了要给苏南溪拍孕妇照，还有一个原因就是他要看皇马比赛。

恰巧在网上买了两张票，那就分一张给乔茹茹就是了。

晚餐是蔬菜沙拉、大杂烩、烤羊腿和海鲜饭。

开动之前，大摄影师林沛要先拍几张照片，烛台与鲜花，美食与精致的餐盘，简单地修了一番就上传到微博了。

乔茹茹找到那条微博转发，随即放下手机，专心用晚餐，今天的杂烩是用鹰嘴豆、蔬菜、血肠和火腿肉慢慢炖制，香味扑鼻，让人胃口大开。

南溪和林沛在讨论明天拍照的风格，苏南溪虽然不能出门选景，但好在别墅里随便一个角度都可以拍出有感觉的照片，室内设计运用了奶油色和玫瑰金的色调，现代与复古的结合，新旧混搭，使得室内看起来极为优雅。

毕竟林沛曾经拍过苏南溪的婚纱照，对于如何拍好她，倒是不那么陌生。

讨论好正事后，南溪眼见乔茹茹胃口极好的样子，便说："茹茹，待会你陪林沛去酒吧喝一杯，有些醉意了，他回酒店好入睡。"

乔茹茹面露难色，来了马德里这些个月，她可一次都没去过酒吧，说实话，还真有点不敢去。

"真要我去吗？"

南溪点头，不容她拒绝。

许丛和傅西默契十足地看了眼南溪，心里已然清楚她在打什么主意，偷偷笑了，都觉得乔小兔来一段异国风情的爱恋，也是不错的。

八月下旬，苏梓徽来到马德里，带着对新生命的期待。

谁曾想在隔天半夜，苏南溪比预产期提前了两周在马德里ROBER 医院生下了她和陆春晓的小孩，产妇被推进了病房，小孩则在生产过程中呛到羊水被送进了保温箱。

南溪因为耗尽了力气，生下孩子后就一直在断断续续地睡。

许丛和苏梓徽都去看过孩子了，也拍了照片，等到南溪清醒的时候，许丛便会拿照片给她看。

在苏南溪住院的第四天，陆春晓出现在了病房。

苏梓徽虽然知道是许丛做的，却不好发作，他能够理解许丛，南溪拿她的秘密要挟她接受现实，许丛只能面上妥协，因为她也知道在这件事上她是指望不上苏梓徽的。对于南溪，他的宠爱向来是没有原则的，许丛对他不放心，怕他真的抚养南溪的孩子。

所以，许丛擅自联系了陆春晓，期盼事情得到转机。

趁着陆春晓还未见到苏南溪前，苏梓徽匆匆和陆春晓说了一些话。

"南溪不喜欢孩子，正闹着要把孩子送人。可是陆春晓，你真的愿意你陆家的孩子随了别人的姓？"

"这就是她跑来马德里的原因？"

"陆春晓，你们离婚吧。"

"……"

"不要再折磨南溪了，你们离婚吧，所有的阻碍因素我都会帮你排除，但是，请你坚定地和南溪离婚。"

陆春晓轻轻笑了："叔叔，南溪不会同意的。"

陆春晓桀骜的态度，令苏梓徽很是不悦。

然而俗话说，被偏爱的有恃无恐。

他陆春晓如今的态度，也是苏南溪惯出来的。

陆春晓进到病房主卧大约过了十分钟就出来了，他的脸上依旧没有明显的喜怒哀乐，新生命的诞生并不令他感到欣喜，南溪一直都说陆春晓不喜欢小孩，可是苏梓徽并不相信陆春晓会真的铁石心肠，无动于衷。

"叔叔，我先回国了，南溪你们就多照顾些，我在家等着她。"

"你真的不去看看你的儿子，他在保温箱里。"

"为什么要在保温箱里？"

"他的肺部有些感染。"

陆春晓的心揪在了一起，下意识地问："要紧吗？"

"问题不大。"

几乎在下一秒，陆春晓就恢复了冷漠脸，离开了病房。

苏梓徽去看南溪，发现她还在流泪："你干吗要他跟我离婚？婚姻不是儿戏，既然选择了就要守护到底。"

"哪怕他不爱你的孩子？你还要守护他？"

"孩子的事是我一意孤行了。"

事到如今，南溪还在维护陆春晓。

苏梓徽紧紧握住了拳头，内心极力忍着怒火。

"你刚生完孩子，不要急着回国，休养很重要，而且小宝宝坐飞机耳膜会受不了。"

苏南溪自顾说起："他说他会在家等我，我想早点回去。"

苏梓徽终于忍不住爆发了，怒吼道："他让你去死，你还去死吗？"说完便离开了主卧。

南溪出院后一周，医院才通知他们接小宝宝回家。

西班牙没有专门的月子中心，苏梓徽就从国内邀了专业人士来照顾苏南溪和宝宝。

乔茹茹和翻译傅西都被调回国，苏梓徽只留了许丛在南溪身边。

等到一切都安排妥当后，苏梓徽才回国，回到他与陆春晓的战局里。

三个月后，陆春晓被踢出陆氏集团的消息震惊圈内。

陆春晓有所察觉的时候为时已晚。

因着苏陆两家的关系，陆春晓在苏梓徽向他递出橄榄枝的时候没有丝毫犹豫就加入了绿色高尔夫球会的项目中，因为缺乏资金，便接受了宏鑫集团的注资，由此宏鑫集团获得了陆氏百分之十的股份，却在大半年后联合其他股东召开了罢免陆春晓的临时股东大会，而从前一直支持着陆春晓的其他股东这一次居然全都投了赞成票。

原本在养老院安安逸逸享受晚年生活的陆威不得不提前回到了陆家,这样的局面叫人始料未及。陆氏由他辛苦创立,虽说在后面走了下坡路,但是也被自己的儿子给救活了,他们父子俩没有功劳也有苦劳,陆春晓被罢免实在叫他心寒。

陆威坐在轮椅上刚被护工推进家门,见到一脸倦意的陆春晓,气不打一处来,随手操起一个花瓶就向陆春晓砸去。

陆春晓险险躲过,花瓶落在地上,碎了一地。

"你这没用的东西,你还有脸在家待着,还不出去给我想办法。"

"连你多年的好朋友都背叛我们了,还能找谁想办法?"大局已定,大势已去,便是这样的落败心情。

"叫南溪回来。"

"叫她回来做什么?"陆春晓不愿意。

"让她去找苏梓徽帮你一把。"陆威说得理所当然。

陆春晓讽刺地笑了:"宏鑫的老总和苏梓徽关系匪浅,这一切都是苏梓徽给我布的局。"

陆威冷着脸:"那还不是你做的那些荒唐事惹怒了苏家,苏梓徽才借故修理你。方青瓷和苏南溪比,你是眼睛瞎了,才会选择失误。"

新的 CEO 上任的第一天,发布的人事命令就是解了方青瓷的职。

若非如此,陆春晓还想不到这一切会跟苏家扯上关系,再派人一打听,苏梓徽最近和宏鑫段家来往密切。

陆威缓了缓语气，又道："苏南溪到底是你妻子，难不成还不帮你？"

"我不这么认为。"在马德里的时候，苏南溪那么反对离婚，就表示她和如今的局面没有任何干系，但是，能让方青瓷离开，光这一件事，苏南溪也不会怎么责怪苏梓徽。

况且……

"苏梓徽就是为了逼我和南溪离婚，才会对陆氏下手。"

"是吗？"陆春晓这么一说，陆威的脑袋就清醒了许多，当务之急就是把苏南溪召回国留在身边，这样苏梓徽做事也会顾忌许多。

就算想离婚，也得给足了诚意才能离。

"我来打电话让南溪回来。"陆威自认为他的面子，南溪不可能不给。

陆春晓有些无奈。

若被陆威知道苏南溪是去马德里生孩子，那他与苏南溪的关系就更加断不了了。

希望苏南溪说到做到，将孩子真的交由许丛抚养。

却没想到当晚，苏南溪在马德里生子的事情就被人爆料出来了。

爆料人叫球球，专门写了一篇长微博，里面还放了苏南溪怀孕的照片，以及小孩的照片。

各大媒体疯转，很快苏南溪生子的事情就上了微博热搜榜，在陆春晓被赶出陆氏这个时间点，这样的新闻突然被爆出来倒像是有人刻意为之。

苏梓徽第一个就想到了陆春晓，却觉得苏南溪怀孕的照片陆春晓是不可能有的，所以他又想起了许丛，她最有动机，于是火急火燎地打电话质问许丛，许丛觉得莫名其妙，一边生气苏梓徽的乱指控，一边否认自己做过这样的事。

但是爆料人的 IP 地址的确是马德里的。

若不是许丛，排除了那些苏梓徽安排在苏南溪身边的人，就只有一个可能。

那就是苏南溪自己爆料的。

她想转移媒体视线，以及想要说明陆家虽然这样了，但陆家和苏家的关系是坚固不可摧的。

苏梓徽刚到公司没多久，正让秘书欧阳联系人删微博，下热搜，那边苏家就打来电话让他回家说明情况，苏梓徽一想到接下来的场景头就疼了。

虽说苏家二老因为年纪大的关系已经揍不动他了，但是正好最近苏平嘉因为电影杀青在家休息，他的拳头可不软。

想到此，苏梓徽下意识地揉了揉自己的下巴。

苏梓徽将车开出公司后就发现后面有辆车一直在尾随他，他的嘴角轻轻扬起，倒不担心会被跟拍到什么，毕竟苏家老宅那片地方可不是媒体能跟进去的。

苏梓徽到家后，刚下车，周妈就急急忙忙地跑来了："你要有心理准备，你哥可是火冒三丈，他们联系不上南溪。"

"我知道了。"今天他可是做好了坦白一切的准备。

苏梓徽进去后发现客厅沙发上端端正正坐着三个人，大家都不讲话，气氛严肃，令人毛骨悚然。

苏梓徽嬉皮笑脸上前打招呼："爸，妈，哥，大家都在啊。"

苏东学率先开口："你还有脸笑？"

苏平嘉猛地起身，一把拽住了苏梓徽的衣领，眼神凌厉，咬牙切齿道："你早就知道南溪怀孕了？"

苏梓徽敛去笑容，恢复一本正经的样子，点头承认："是，哥，咱是文明人，有事说事不动手。"

苏平嘉松了手，担忧道："这是喜事，你们为何要瞒着大家？莫非南溪的孩子不是陆春晓的？"

苏梓徽哭笑不得："哥，你的想象力也太丰富了，南溪有多爱陆春晓，你又不是不知道。"

苏平嘉无奈："正因为她爱，所以我才怕她走了弯路。"

苏梓徽解释："孩子是陆春晓的。不在国内生孩子的原因是陆春晓不喜欢孩子，南溪怕他知道了，会逼她打掉孩子。"

"他敢。"傅佩芳大声喊道。

难得见母亲如此动怒，苏梓徽的心也跟着惊了惊。

周妈这时拿了强心丹过来，这是苏梓徽刚刚吩咐她去拿的，苏梓徽让苏东学和傅佩芳各吃了一粒，因为他担心他接下来要说的事情会让二老直接晕过去。

周妈离开后，苏梓徽接着说："爸妈，你们还记得陆春晓的继母周韵吗？"

听到周韵这个名字，苏平嘉的脸色苍白了几分，眉头微微皱起，心里有种不好的预感。

"记得，可她不是都和陆威离婚了然后离开陆家了吗？难道这事也和她有关系？"傅佩芳纳闷。

苏梓徽瞥了眼苏平嘉，心说：老哥，我对不住你了。

"你们以前一直都逼着我哥说出南溪生母的事情，他一直守口如瓶。现在我可以告诉你们，周韵就是我哥的初恋，南溪的生母。"

"你说什么？"苏家二老异口同声道，同时望向苏平嘉，这太荒唐了。

苏平嘉羞愧地低下了头，觉得无颜再面对父母。

苏梓徽继续说："南溪她的原名叫陆暄，是陆家走丢了的女儿，她骗我们说她失去记忆了，其实并没有，她一直都记得她母亲丢下她的画面。后来当她知道自己是我哥的亲生女儿的时候，她也很震惊。回国，她遇到了陆春晓，就想起了小时候和陆春晓一起生活的画面，对他产生了爱意，也想嫁进陆家后，给媒体爆料自己和陆春晓是亲兄妹这个丑闻，以此逼迫周韵承认自己的身份，承认自己不是陆威的孩子，她想这样陆威就一定会赶走周韵的。只是后来，事情的发展并不在南溪的预料中，周韵找来了假女儿冒充陆暄，南溪就将错就错，做了假陆暄和陆威的 DNA 比对，叫周韵有苦难言，不得不承认那个假陆暄不是陆威的女儿。"

傅佩芳艰难地消化着这些话，不敢想象自己的孙女还有这样不为人知的一面，竟叫她觉得害怕。

"我生日那次大家一起去瑞士玩，中途陆春晓去了一趟美国，我想大概是拿到了周韵的什么把柄，回国后，周韵就同意和陆威离婚，离开了南城，然后下落不明。大概从那个时候开始，陆春晓对南溪就不一样了。方青瓷是一回事，另一方面是因为陆春晓知道了南溪的秘密，知道她是真陆暄。我起初觉得他应该生气愤怒，后来才知事情没有我想的那么简单。在陆春晓和方青瓷玩得火热的时候，南溪怀孕了，叫我帮她。所以我安排她去马德里生孩子，对外说去工作一年，你们只当她想逃离国内的乌烟瘴气。南溪走的那天，我去机场送机，也看到了陆春晓，我们谈了会，他似乎知道了我不知道的事情，还让我自己去查。后来，我手下人查到了一件事，陆春晓的妈妈是周韵害死的。"

"怎么会这样？"苏平嘉觉得不可思议。

"真是最毒妇人心呐。"傅佩芳感慨，幸好这样的女子没进入苏家。

"当时陆春晓的妈妈虽然身患绝症，但是不会那么快就死，周韵却等不及了，周韵在陆春晓的妈妈输液的时候给她注射了可乐，可乐中的二氧化碳进入心脏形成血栓，导致陆春晓的妈妈因为冠心病死亡。周韵的手段十分高明，可被她的同事看到了，所以在之后的很多年，周韵都会打钱给她那个同事作为封口费。在陆春晓知道南溪故意接近他嫁给他，以及自己的生母是南溪的生母害死的情况下，他都没有跟南溪离婚。我觉得这不正常。"苏梓徽说出自己的顾虑。

"你就不应该让南溪生下孩子，你应该告诉她真相，她被蒙在鼓里，还傻傻地给人生孩子。"

"妈，你不觉得告诉南溪真相太残忍了吗？她已经很可怜了。"本来在这个世界上就是知道的越少就越幸福。苏梓徽那么希望南溪幸福，就更不会告诉她了。

苏平嘉一直沉默在旁，他原本以为抛下南溪是周韵这辈子做的最疯狂的事情，原来早在最开始的时候，周韵就已经疯了。

只是可怜了南溪，成为了复仇的牺牲品。

苏平嘉冷静下来说："就让南溪留在马德里，不要让她回来了，我尽快订机票回去。"

"可能已经来不及了。"苏梓徽遗憾地说，"你们不是都联系不上她，她可能已经在回国的飞机上了。"

今早，许丛说南溪不见了。

孩子、衣服、许丛，南溪撇下了所有，回了国。

苏梓徽只得关照许丛照顾好孩子，反正孩子是喝奶粉的，南溪不在也没关系。

"还有两件事我需要坦白。"苏梓徽的声音很轻。

苏平嘉和苏家二老都急了。

傅佩芳气得要打人："你到底还有多少事情瞒着我们？"

"陆氏易主的事情是我做的。"

"陆春晓活该，谁叫他这么欺负人。"傅佩芳觉得解气。

"南溪其实生病了，上次在瑞士南溪做的手术不是割除阑尾的手术，而是肾穿刺。她得了 IGA 肾炎三级，需要吃激素药治疗，但是她没吃，还让自己怀孕了。我本来该强硬点让她打掉孩子的，可是后来想，如果这次不留，也许南溪一辈子都做不了母亲了。所以就算知道将来她和陆春晓可能会离婚，我也支持她留下了这个孩子。"

傅佩芳和苏平嘉都陷入了沉默中，倒是苏东学发话："派人去机场堵她，不要让她回陆家。"

"我知道了。"

城市另一边，陆家。

几个小时前，陆威和陆春晓在用早餐，张妈恭喜陆春晓要当爸爸了，陆威听得莫名，后来才知苏南溪被媒体爆料在马德里生子。

陆威第一个反应就是问："这个孩子是你的吗？"

陆春晓觉得无语，信誓旦旦地回："当然是我的。"

"那就好。"陆威心里乐开了花。

这下子，陆家的筹码又多了许多。

陆春晓自是不知道陆威心里打的算盘，只听陆威说："你尽快去趟马德里接他们母子回家。"

"爸，我不愿意。"

"你不想要回陆氏了吗？"

"不想了。"陆春晓的身上自有一份傲骨在，嗟来之食不是他所愿。

陆威摔了碗筷："由不得你。"

陆春晓没有食欲了，起身回了房间。

恰巧方青瓷打来电话，陆春晓弯腰从床上拿起手机，走到窗边接听。

"拜你所赐，我最近可是被网友们骂惨了。"那些人骂得要多难听就多难听，若不是她心脏足够强大，恐怕早就被气死了。

"我会叫人删帖删评论。"

"悠悠之口，你堵不住。陆春晓，我要提前离开了，国内这趟浑水，我不参与了。"

"随便。"

"我和Rober的婚礼我也不邀请你了，到时候你给我寄张支票就行了。"方青瓷开玩笑道。

陆春晓很爽快，"行。"

"还有啊，恭喜你做爸爸了。既然都是做爸爸的人了，就别太作了，小心真把苏南溪作走了，有你后悔的。"

"……"

方青瓷笑了笑："再见了，陆春晓。"

"再见，方青瓷。"

方青瓷虽然觉得这段时间为了陆春晓承担了诸多的骂名很是委屈，可是也减少了陆春晓心中对她当年所作所为的怨恨，扯平了。

现在能这样风轻云淡地说一声再见，没有剑拔弩张，没有怨恨怒意，真的挺好的。

晚上八点。

苏南溪戴着墨镜，出现在南城机场。

只是还未走出机场，就被一群西装笔挺的人拦住了。

为首的人恭敬地说："小姐，苏先生派我们来接你回家。"

"你们认错人了。"苏南溪冷冷回，试图突出重围，无奈被围得滴水不漏。

"那麻烦小姐把墨镜摘了，让我们看看是否认错人了。"

隔着墨镜，苏南溪的眼神冰到极点，若眼神可以杀人，那么她面前的这些个人早就倒下了。

就在僵持之际，苏南溪看到不远处正在赶过来的一群人，露出了笑容。

心里舒了一口气。

她的帮手们终于来了。

苏梓徽派来的人显然没有想到会有另一群人来抢人，而且对方人多势众，但由于是在机场，他们也不好真跟对方打起来，那肯定影响不好。

为首的人认出了对方人群中的一个人，断定这些人是张嘉义派来的人。

一片混乱中，苏南溪就被那群人带离了机场。

上了其中一辆车后，苏南溪看到了车里的宁一，激动地抱了过去："好久不见你，好想你啊。"

"苏南溪，你也太叫人伤心了，生孩子这么大的事居然瞒着我们，你也太不够朋友了，现在想要我帮忙了就来找我了，而我还随传随到，我真是贱骨头。"宁一忍不住吐槽。

"对不起嘛。"

苏梓徽接到电话，听说苏南溪被张嘉义的人带走了。

挂了电话后，他立刻打电话给张嘉义。

"你把南溪带去哪里了？我不管你做什么，别把她送回陆家。"

"你在说什么啊？我没听懂。"

"少给我装傻。"

张嘉义在电话那头笑开了花，贱兮兮道："小徽徽，你求我呀。"

苏梓徽咬咬牙，吼道："你找死啊？"

"君子报仇十年不晚，你上次陷害我，把我打晕脱光送给了宁一，这仇我可是一直都记着呢。"当时宁一追着他不放，他防得滴水不漏，没想到身边出现了苏梓徽这个大叛徒，还有贺培安和顾向东这两个看笑话的人。

"你们俩现在这么幸福，不都是拜我所赐吗？"真是得了便宜还卖乖。

"我不管。南溪就先由我接手了。"

"张嘉义，这次我先忍了你，你记住，千万别让她回陆家，否则有你好果子吃。"苏梓徽不得不再次强调。

玩笑过后，张嘉义坦白："其实吧，这件事跟我真的一毛钱关系都没有，都是宁一那死丫头搞出来的，我也是在你打来电话的前十分钟才知道宁一找了我的保镖做事。不过，头回见你气成这样，哈哈，被我女人背叛的滋味如何？"

"张嘉义，管好你的女人。"

"兄弟，消消气。"张嘉义劝道。

到底是第一次见到苏梓徽这般怒火攻心，张嘉义自然知晓轻重，知道宁一是不会听自己的话的，所以他只好打电话给自己的保镖。

女人呐，得不到他的时候乖得跟什么似的，一旦得到了就立刻变成了母老虎，事事都要做主，宁一就是个典型。

而在南溪闭目养神之际，宁一又在玩手机，一个小心就被张嘉义的保镖带到了西园苏梓徽的公寓。

南溪下车后才意识到自己被骗了，本能地想逃，可是保镖们不给她机会，把她直接扛起来上楼了。

宁一更是一脸懵，跟了上去。

误会大了。万一南溪误会是她在帮着苏梓徽，那她真是冤枉死了。所以她得去解释清楚。

苏梓徽在家做好了晚餐正在摆碗筷，看到苏南溪和宁一的时候，笑得春风和煦。

"也折腾了很久了，都饿了吧。"

宁一觉得瘆得慌，毕竟苏梓徽心里可是憋着火，不知道什么时候就爆发了。

这顿晚餐可是会叫她消化不良的。

宁一笑得谄媚："你好厉害啊，张嘉义的保镖都听你的话。"

"你错了，他们只听付薪水的那个人的话。"苏梓徽纠正。

"张嘉义。"宁一恶狠狠地说出这个名字，拳头握成了拳头状，原来是张嘉义捣鬼，真是欠抽，皮痒了。

"南溪，这件事我真的是没有想到。"宁一抱歉道。

知道不是宁一故意如此，苏南溪只能自认倒霉，倒是落落大方地坐下用餐了，菜香扑鼻："很久都没吃到你做的菜了，很想念。"

"那你就多吃点。"

宁一也坐下来，不吃白不吃，吃饱了才有力气回家揍张嘉义。

等到大家都吃得差不多的时候，苏梓徽才开口：

"你回国了，倒是留布布在马德里哭得跟什么似的。"布布是南溪给孩子取的小名。

苏南溪一颗心都揪起来了："可他平时都是别人在照顾，我也只是抱抱他，我以为我离开是可以的。"她因为吃药的关系，布布这三个月一直都是喝的奶粉，而且他一点都不认生，谁抱他都是笑吟吟的，他们都说这孩子好带、懂事。所以，南溪离开的时候也没有诸多考虑。

"孩子对母亲的依赖，岂是你说断就能断的。"

苏南溪连忙给许丛打电话，却被告知布布发烧了，正在医院接受治疗，小孩早就哭得没力气了在床上哼哼，许丛看了都觉心疼。苏南溪亦是急得哭了起来。

远在千里之外，苏南溪恨不得会瞬间转移，回到马德里。

她想陪着自己的小宝贝。

"现在你知道后悔了，你做事能不能不要冲动。"苏梓徽觉得她自作自受。

"我哪里知道布布会生病？"苏南溪没好气地反问。

"他生来体质就弱，又不喝母乳，抵抗力自然比不上一般孩子。"

苏南溪情绪崩溃，苏梓徽拿过来苏南溪的手机，跟许丛说了些话便挂了电话。

没有说再见，宁一默默退出了这个低气压的房子。

南溪哭累了后倚在沙发上，苏梓徽递给她热毛巾擦脸。

"回来正好和陆春晓把婚离了，就立刻给我滚回马德里去。这是我、你爷爷奶奶和你爸四个人的共同决定。"

"你怎么总逼我离婚？"苏南溪将热毛巾扔到苏梓徽身上。

苏梓徽捡起毛巾："自然有你非离不可的理由。"

如果还是那些陈词滥调，说些陆春晓和方青瓷之间的事，那么她选择自动忽略。所以她很确定地说："什么理由都不可以，陆春晓现在在失意期，我得陪着他一起度过。"

"可你知道赶他出陆氏的人是谁吗？"苏梓徽嘴角扬起意味深长的笑。

"不就是那个宏鑫集团的人吗？"

"明面上是他们，其实是我，我用了一些利益做交换，让宏鑫替我出面，反正这种事，宏鑫很有经验。"

"你……"苏南溪睁大了眼睛，有些不知所措。

"现在陆春晓也知道是我指使的。"

"你为什么一定见不得我和陆春晓好？"苏南溪感到绝望。

"南溪，我从来都没有害过你，一直一直都想要给你想要的幸福。"

"可我也说了我的幸福就是陆春晓啊。"

"有些事你不知道。"

"什么我不知道的事你告诉我啊。"

"我……"有这么一瞬间，苏梓徽真的想什么都说出来，可是到底到了嘴边就忍下去了。

一旦说出来，南溪就会变得很可怜。

他缓了缓语气，转移话题："已经很晚了，你早点休息吧，这些天外面的媒体都在盯着我们，你就不要出门了，门口我会安排两个保镖保护你的安全。"

"是监视我吧。"苏南溪鄙视道。

苏梓徽耸耸肩，无所谓道："随你怎么说。"

翌日上午，苏南溪还在倒时差，门外一片骚动。

南溪揉了揉惺忪的睡眼，开门出去看，发现是她的爷爷奶奶和爸爸。

苏梓徽不在，应该出门上班了。

傅佩芳看到南溪后，情绪有些激动，老泪纵横："我的宝贝，你受苦了。"

南溪亦是没忍住流泪，走过去抱住了傅佩芳："奶奶，我好想念你们。"

"你胆子也太大了。不过，你没事我们就放心了。"傅佩芳怨怪道。

苏南溪离开傅佩芳的怀抱，和苏平嘉抱了抱后，又恭敬地朝着苏东学喊了一声"爷爷"。

西园离苏家老宅太远了，因为她的关系，这两老人不辞辛苦地来看她，苏南溪都有些内疚了。

"身体还好吗？"苏平嘉关心地问。

苏南溪点头。

"我是说你的肾炎。"

苏南溪才知苏梓徽已经把她的病说出去了，如实答："指标比怀孕前高了许多，不过我现在正在吃药降低，医生说如果指标降到正常值，我就可以停药了。"

苏东学仔细瞅瞅苏南溪的脸，说："你气色不好。"

苏南溪摸了摸自己的脸，这一点，苏南溪倒不否认。其实她的身体因为药物的关系还有些肿，只是现在不明显，别人只当她是怀孕发胖的。

"爸爸，恭喜你成为电影咖。"这一年里，苏平嘉参演的两部电影上市后都收获了十几亿的票房，听苏梓徽说现在来找苏平嘉拍电影递来的剧本太多了。

"这些都是因为你叔怕我回马德里，就用工作绑住我。"苏平嘉现在是看明白了，被自己的弟弟算计，想想还挺怄的。

临近中午，傅佩芳打开冰箱看了看有哪些食材，午饭她打算露一手，苏南溪打算回房换身衣服再出来帮忙，傅佩芳让她再睡会，苏平嘉可以给她打下手。

苏南溪回到房间后，手机铃声响起。

看了眼屏幕，她就有些激动了，居然是陆春晓打给她的。

她坐在床上，按了接听键。

"你还好吗？"南溪抢着问。

"还好。"

南溪小心翼翼地问："你打来是有什么事吗？"

"爸让我接你回家，还有孩子。"之前陆威打过两个电话给苏南溪，皆在关机状态，如今陆春晓打来也只是碰碰运气，没想到还真的接通了。

"我现在在苏梓徽家。"

"哦，我来接你。"

"今天不要了，爷爷奶奶和我爸都在，明天你带四个保镖来吧，苏梓徽安排了两个人看着我，不让我离开。"

"好。"

苏南溪再次出房间，餐桌上已经摆满了菜，南溪饿得肚子咕咕叫着，洗了手便入座，一家人坐在一起吃了一顿很和谐的午餐。

午后，南溪帮着傅佩芳洗碗，苏平嘉和苏东学在看电视。

"布布什么时候回来？"

"过些天，许丛就会带他回来。"

提及许丛，傅佩芳说："南溪啊，明年我打算让你叔和许丛结婚，他们谈恋爱的时间也够久了，我和你爷爷还等着早点抱孙子呢。"

苏南溪不自然地回："嗯，挺好的。"

"这阵子家里面乌烟瘴气的，也该有点喜事了。"傅佩芳感慨道。

苏家二老和苏平嘉陪了南溪大半天，等苏梓徽回家了才离开。

苏梓徽今天喝酒了，虽然没醉，但是浑身上下隐隐地散发着一股寒气和酒气。

南溪给他泡了一杯蜂蜜水，苏梓徽安安静静地倚在沙发上，喝了口蜂蜜水，抬眼看向苏南溪："你猜我和谁吃的晚饭？"

南溪不愿意猜，直接回："我不知道。"

"和陆威，这个老狐狸，算盘倒是打得挺精的。"

"怎么了？"南溪好奇的问。

"他说如果你和陆春晓想离婚，就让我把宏鑫的百分之十的股份送给陆家作为赔偿。如果不离婚，就早点把你送回陆家，陆家已经很久都不见女主人的身影了，爷爷想念孙子，爸爸想念儿子，不能光我们苏家享受天伦之乐。"

南溪倒不觉得奇怪，陆威是什么样子的人，她心里跟个明镜儿似的。

既从来都没有抱过幻想，就不会感觉到失望。

隔天，苏梓徽上班后，陆春晓的保镖就来把苏梓徽的保镖制住了，陆春晓直接输了密码进门，苏南溪还在房间睡着，陆春晓进房间就看到了睡容安静的南溪，脚步也不自觉地放轻了。

她似乎比三个月前胖了些。

南溪醒来时，就看到陆春晓的侧影，窗帘拉开，迎着冬日阳光站着，他的身上都沾染了光芒，负手于身后。南溪觉得恍惚，还以为是做梦，直到陆春晓转过身来，看向她，温柔地说："醒了？"

"嗯。"

"孩子没有带回来？"

"我一听到你出事就很慌张，就什么也不顾了。"南溪坦言。

"你多穿点衣服，今天外面很冷。"

"好。"

陆春晓先离开，留下空间给苏南溪换衣服。

刚走出住宅楼，初冬的冷冽气息，很快包围住南溪，寒风拂面，南溪没忍住打了个喷嚏。

陆春晓的车停在南溪面前，南溪拉开车门坐在了副驾驶座位上。

"爸已经回家住了。"

"哦。"

回家的路上一路顺畅，连红灯都没遇上几个，南溪觉得这是一个好的开始。

陆威知晓南溪今天回家，满心欢喜地等着抱孙子，早早地就安排了张妈去买菜做南溪喜欢吃的菜，家里也临时决定将陆春晓和苏南溪的房间隔壁改造成了婴儿房，但见到南溪后才知道小孩还没回国，陆威有些失落，给了她一个期限，他打算12

月初给宝贝孙子补办个百天宴，邀请亲朋好友一起来庆祝，在这之前，小孩一定要回到陆家。

陆春晓看出南溪一脸倦意，便让她先回房间休息了。

陆威把陆春晓喊到房里谈话。

"昨天和苏梓徽吃晚饭，你说不出口的话，我都帮你说出来了。"

陆春晓觉得奇怪："我说不出口什么话？"

"苏梓徽若想要你和苏南溪离婚，很简单，把陆氏还给你。若不想要你们离婚，那就少掺和你们的事。"

陆春晓觉得万分无奈，不得不郑重警告道："爸，我说过陆氏我不要了，不要了就是不要了，我已经有新的职业规划，你现在只管安享晚年，就别瞎操心了，也别再乱见人乱说话了。"

"那是我辛辛苦苦创办的陆氏，你没资格说不要就不要。"陆威有些冥顽不灵。

陆春晓扶额，懒得再说什么了。

若陆威一直存着这样的心思，想通过他和南溪离婚来重掌陆氏，那么他也许永远都不会跟南溪离婚。

"苏梓徽现在输就输在他说你和方青瓷出轨，但是没能拍到你们出轨的证据。现在方青瓷既然已经被解约了，你就不要跟她再有所牵扯了，这样对你很不利。"

清者自清，不存在的事情哪里会有什么证据。

陆春晓什么都懒得说，离开了陆威的房间。

苏南溪看了一圈她和陆春晓的房间，发现和之前离开时没有什么变化，只是多了些烟味，心里有些窃喜，在她走后，陆春晓搬回房间住了。再看沙发茶几上的烟灰缸，就知道最近陆春晓的烟瘾肯定又重了。南溪脱去羽绒服外套，倚靠在床边，拿出手机登录微信。

　　许丛拍了张布布的照片发来，告诉她布布已经退烧了。

　　苏南溪松了口气，放下心来，回了一句：辛苦了。

　　微信群里，张嘉义在晒自己的伤，腿上被宁一踢出了不少淤青。

　　活该。南溪一点都不同情他。

　　南溪正要去找宁一聊天，宁一就先来找她了，默契十足。

　　宁一：方青瓷跟我说她要回美国去了。

　　南溪：？

　　宁一：陆氏易主的第一天就解了方青瓷的职务。

　　因为这是集团内部信息，并未被爆到网络，苏梓徽也不曾说起，所以南溪不知道也挺正常的。

　　现在听说了，她觉得还挺解气的。

　　这很苏梓徽。

　　南溪：被解除职位就要回美国？

　　宁一：好像是要结婚了所以才回美国的。

　　南溪：What？她要结婚了？和谁？

　　宁一：和一个美国人。还有，她要我转告你，自始至终都是陆春晓找她陪着演戏，她这两年一直都在和那个美国人谈恋爱，从来没脚踏两条船。

南溪有些懵。

南溪：陆春晓为什么要这么做？

宁一也是没想通陆春晓还有如此腹黑的这一面，毕竟是自己的师兄，相识多年，真是识人不清啊。

宁一：你自己问他呗。不过，你怎么不在微信群里了？

南溪觉得莫名，退出对话框看微信群，果然没有了。

直觉告诉她，是苏梓徽恼羞成怒踢了她。

她去找苏梓徽，却发现这货把她删除了，去重加好友，都被立刻拒绝了。

南溪气得顾不上回复宁一了，直接退出微信，拨打了苏梓徽的手机，结果打不出去。

她觉得难以置信，苏梓徽居然拉黑了她的手机号，觉得又可气又好笑。

此时陆春晓进来，南溪问起："你为什么要和方青瓷演戏给我看？你知不知道这让我很难过，我以为你真的出轨了。"

陆春晓神情变了变，心里有些懊恼不甘，果然相信方青瓷的他真是一头蠢猪。

他只得装傻道："我不懂你在说什么。"

"你会这样做一定有什么原因，你告诉我。"

陆春晓就要离开，被南溪跳下床拦住了，她堵在门口，他话不说清楚，她绝对不会让开。

就在他们僵持片刻后，陆春晓败下阵来。

陆春晓讥笑道："陆暄，当你为了报复你妈嫁给我的时候，你就没有想过我会受伤吗？"

苏南溪有些慌张，觉得自己听得不是那么真实。

"你都知道了，是吗？"他叫她陆暄，语气是那样肯定。

"是。"

得到肯定答案，苏南溪恍然大悟，也有些后悔在他想要给自己机会坦白的时候，她选择忽视了。若非如此，也许他们不会走到今天这个地步。她本来以为是陆春晓一个人的错，自己从始至终都是一个受害者，现在才知，陆春晓也许更痛更煎熬。

"我让你痛了，你也加倍还给我了，我们扯平了，好不好？"

陆春晓不置可否。

苏南溪上前抱住了陆春晓，陆春晓没有挣开她，这是个好现象。

"对不起，可我是真的喜欢你。"

他相信她真的喜欢他，而他亦是真心爱她，所以有些秘密终究不能见光。

而既然互相伤害过还是做不到分开，那不如就还在一起。

两个虚情假意之人都可以走一辈子，他们真心相爱，怎么就不可以过一生了？

陆春晓不信邪。

"我知道，所以我决定原谅你了。"

苏南溪喜极而泣："谢谢，我以后会加倍对你好的，我会弥补我犯的错。"

陆春晓原本有些犹豫，最后手还是放在了苏南溪的背上，紧紧地抱住了她。

他很确定，这就是他的后半生了。

往日他别扭的感情，如今终于得到纠正。

一辈子这么短，何必拿着别人的罪孽来惩罚自己？

通往幸福的捷径就是放下怨恨。

十二月七日，陆家在四季酒店给布布补办了百天宴，并公布了布布的大名：陆沅。

当天陆威邀请了南城所有有头有脸的人物，还请了不少记者来共享喜事，然而苏家还是一个人也没有参加。

苏南溪嘴上说着不介意，可是心里还是有些难过的，苏梓徽依旧没把她从黑名单中解禁出来。苏平嘉——布布的外公，即便身在南城，却还是只买了礼物寄过来。她知道苏家的人对陆春晓的气未消。但其实，陆春晓近来已经对她很好了，他们一起去买婴儿用品还被拍到，虽然被一些心思恶毒的人揣测陆春晓这是在故意对苏南溪好，以换取苏家的信任，说他是在为重回陆氏而蛰伏。

但他用实际行动证明，陆氏已经不是他的战场。

他以为自己不喜欢小孩，其实他喜欢得紧，所以才会不急着工作，一心一意地在家做起了奶爸，一天里有一大半时间都和布布待在一起，陪布布玩。

家里的欢声笑语多了许多，这是从前苏南溪一直都期盼的。

每个月，陆春晓都会陪苏南溪去医院复查，他一点都没有嫌弃她越来越肿的脸。

南溪才知道原来陆春晓早就知道她生病了。

服药半年后，南溪终于在医生的指导下开始减药，医生告诉她如果不出意外，再过几个月，苏南溪就可以停药了，这让她激动不已。

苏陆两家正式破冰是在苏梓徽和许丛婚礼那天。

苏南溪和陆春晓带着儿子布布一起参加了他们的教堂婚礼。

布布成了在场最受欢迎的人，颇有抢苏梓徽风头的意思，小家伙见人就笑，乖巧可爱。

苏南溪那晚回到家，惊奇地发现她从苏梓徽的黑名单里被放出来了。

也知他是看到婚礼上陆春晓对她和布布的态度而对她的婚姻有了点信心，所以才如此。

但她不知道的是，陆春晓那日在带她从苏梓徽家离开时，让苏梓徽的保镖给苏梓徽带去了几句话：人已死，仇恨也将随风飘散。活着的人还要继续活着，孰轻孰重，他拎得清。

那天和风集团大楼，苏梓徽的办公室。

保镖一字一句地重复给苏梓徽听，生怕漏了什么。

苏梓徽觉得奇怪，便打了电话叫人去看望周韵。

之后被告知，周韵已经自杀身亡了。

苏梓徽这才理解陆春晓所说，不知道是否还要再相信他一次。

却觉这未必不是一个新的开始。

后记

是离别，
亦是归来

2014 年第一次去深圳玩，和几个好友一起坐在海上世界的海鸥餐厅外点了漂亮的鸡尾酒，看着不远处五颜六色的音乐喷泉如少女般身姿优美随歌起舞，一别之前我在杭州西湖看到的白日的音乐喷泉。那个夜晚，我们几个好友聊着天喝着酒，凉风扑面而来，星光灿烂，只觉那是最好的时光。

　　在那个瞬间，"有风轻相送"这五个字出现在我的脑海中，大有一种微风轻轻起，把最好的人和事都吹送到了我们面前的意思，我们每个人的另一半也都是命运这阵风吹送到我们面前的，对于苏南溪来说，陆春晓便是这份美好。

　　从深圳回来后我开始写这样的故事，"有风轻相送"这五个字自然而然地成为新书名字。

　　所以，当我看到有人买书评论说名字和内容不符合时，我的心里是不接受的。

　　再让我解释下为何现在出版的《有风轻相送》没有结局。

　　2015 年 9 月，《有风轻相送》签约出版，当时只有八万字，和编辑约定十二月交稿，就这样我在交稿时间很富余的情况下和好友约去泰国玩耍，从上海飞深圳，再从香港转机到曼谷，顺便见见深圳的好友们。

　　到达深圳的那一晚，依旧是那些好友，我们又去了海上世界看了音乐喷泉，但到底心境是不一样的，没有了第一次的感动与美好。我才意识到那个我想出"有风轻相送"这句话的夜晚已经成为我人生中最美好的夜晚之一，永不能被取代。

我怀念那个清凉的夏夜。

从泰国回来后，我接到编辑的通知，他们公司的所有稿子必须要在十二月出片否则就得解约，也就是说我必须要在两周里交稿，给编辑留一个月的时间做好包括校对、写文案、做封面、拿书号等烦琐的工作，那段时间我的心是非常焦虑的，喝很多咖啡不让自己睡觉写稿子。虽然我有些不相信书号能那么快就有，但我也只能先做好我能做好的一切，剩下的事情就交给我的编辑未央，她也是我《眼泪划过时光海》的责编，我们从那时开始结缘。

我在一个周五的下午交了稿，因为时间问题我不得不砍掉大纲一半的情节，出于私心加了一个不完美的番外，就是想告诉读者们，这个故事还没有结束。

请理解身为一个作者想出书的心情，经历过无数的毙稿，这是一份好不容易才得到的出版合同，我不能放弃，心想着也许以后我能出个第二部什么的。

《有风轻相送》交稿之后的半个小时里，我开始发高烧，全身骨头都在疼痛，不能正常行走，去医院做检查、住院、确诊、回家卧床休养，在这一个月里，未央她真的十分靠谱，《有风轻相送》居然真的成功出片了，要知道书号两周被她催下对我来说简直就是一种奇迹，我再也不用担心被解约，可以在家安心养病。

因为身体原因有想过这可能是我最后一本书了，没有结局的一本书，被称作烂尾的一本书。

2016 年 1 月，《有风轻相送》出版上市，很多读者买到书都会来微博私信我为何结局是这样的，期待第二部之类的，让我产生想写第二部的心思，但那段时间我病恹恹的，已经没有精力付诸行动。

到了 3 月，我不再突然发烧，心境也发生了很大的变化，之前是不敢劳累怕让病情加重，后来觉得如果再怎么小心翼翼我的病情还是会恶化，为什么我就不可以做一些更有意义的事情，比如写自己心爱的故事，看着这些故事一本本的成为美丽的书。

于是，我开始写《有风轻相送》第二部，也就是现在的《有风轻相迎》，但那时未央已经辞职，我在投稿时依旧碰壁，遇到的最多的毙稿理由便是过于成熟，我心想不成熟的都在第一部写了，第二部讲述婚后生活自然要成熟点。好在，《有风轻相迎》最后还是过稿了，让我对我微博上耐心等待第二部的读者们有了一个交代。

更让我开心的是，后来出版公司决定要为"有风"做个系列文，所以在《有风轻相迎》后会继续推出第三部《有风轻相随》。

我一度很羡慕苏南溪有那么一个事事爱护她的叔叔苏梓徽，我相信很多读者都会与我有同样的想法，所以，《有风轻相随》是关于苏梓徽和许丛的故事。

关于苏梓徽，我曾如此形容——

"有一种人，生来就能对爱情信手拈来，可这世间还有另一种人，在爱情面前，笨拙得可怜，苏梓徽就属于后者。因为连爱情来没来过，他都不太清楚。"

由于他的后知后觉，许丛尝遍了人生百态。不过，她也无疑是个幸运的姑娘，虽然单恋苦涩，而她也因着各种原因一心放弃过，但命运依旧眷顾她，将她从错误的道路拉回正途，终究与苏梓徽谱写了一个圆满的未来。

我期待这个故事，也期待你们能够喜欢《有风轻相随》。

过去的几年，我用沐尔这个笔名出版了七本书，但2016年，我将以任初这个笔名重新开始，会出版小说《全世界的温暖都与你有关》《我知道风里有你的气息》等。

是离别，亦是归来。

告别那个年少为了写稿熬通宵的自己，向未来这个活得更健康的自己说你好。

也愿你们，恣意活着的同时，不忘珍惜自己。